Beate Schlegel, Jahrgang 1941, wächst in Gifhorn auf und lebt und arbeitet seit mehr als 40 Jahren als medizinische Kosmetikerin in Hannover.

Impressum:

Herausgeberin: Beate Schlegel
Redaktion: Dirk Grothe
Gestaltung: blattwerker.de
Bildnachweis: korkeng – AdobeStock
Herstellung
und Verlag: BoD – Books on Demand, Norderstedt
ISBN: 978-3-758-31066-9

1. Auflage 2024

Raimo-James

– der versteckte Engel

Von Beate Schlegel

Dieses Buch ist Raimos Patentanten Elisabeth und Ruth gewidmet, die sich voller Liebe und Güte für meinen Sohn Raimo eingesetzt haben.

Da sitze ich mit meinen Freundinnen auf dem Schiff von Norderney nach Norddeich. Es geht nach Hause in meine kleine Stadt, die ich über alles liebe. Dort erwarteten mich mein Freund Gottfried und meine heißgeliebte Freundin Elisabeth.

Wie schön, dass sie mich in Norderney besucht hat und wir alles, was wir in unserer gemeinsamen Schulzeit erlebt haben, noch einmal aufleben lassen können. Ich träume oft von den ersten Schuljahren mit meiner Freundin, die mir sehr viel bedeutet hat.

Plötzlich ein Schlag auf meine Schulter. „Huch, huch?" Was war denn das, das mitten in meine Gedanken platzt? Eine Möwe, die uns auf dem Schiff begleitet, hat sich gerade auf meiner neuen Wildlederjacke entledigt. Solche Kleckse sollen zwar Glück bringen, aber im Moment ist der Fleck nur groß und gelb und das macht mich traurig.

Das Schiff fährt langsam in den Hafen ein. Dann haben wir noch eine lange Zugfahrt vor uns. Wir, das sind meine Freundinnen aus dem Internat und ich. Wir tauschen uns noch ein wenig über unsere Zeugnisse aus. Sie sind ja der „Schlüssel zum Leben", wie mein Vater sagt.

Deshalb ist für mich auch völlig klar, dass ich mit meinem „Schlüssel" in Hannover auf jeden Fall Innenarchitektur studieren möchte.
Und dann gibt es auch noch so viel anderes, worauf ich mich jetzt freue: mein Tennis, mein Ballett und natürlich auf das Tanzen, denn das kann ich in Gifhorn, unserer

Kleinstadt, am allerbesten, weil ich mich da am wohlsten fühle. Die Tochter vom Doktor, wie der Gifhorner so sagt, ist immer gut angesehen.

Im Zug nach Gifhorn können wir alle herzlich lachen und kichern. Die Erleichterung über unsere gewonnene Freiheit ist deutlich zu spüren. Wir sind sieben Mädchen und haben alle das Fachabitur und sind entschlossen zu studieren.

Kaum im Zug holten wir auch schon unsere Brote heraus und dann machte eine Thermoskanne, die Liane vor unserer Abfahrt noch rasch mit Sekt aufgefüllt hatte, die Runde. In herrlicher Ausgelassenheit wurden unsere Lehrerinnen noch einmal kräftig durchgekakelt. Zuerst das Fräulein Bödeker oder für uns einfach die Bö, die uns mit ihrer Hygiene-Macke zur Verzweiflung gebracht hatte oder die Sportlehrerin Frau Opitz, die wir alle sehr liebten. Und natürlich lästerten wir auch über unseren drolligen Direktor Kattentidt, der uns schon im Januar mit ins Meer genommen hatte, um uns abzuhärten.

„Mutti, hier bin ich!" Mein Rufen hört sie gar nicht, als ich in Hannover aus dem Zug steige und mit offenen Armen empfangen werden möchte.

Sie ist gerade in ein Gespräch mit einem jungen Herrn vertieft. Mit Jochen aus dem Jungeninternat auf Spiekeroog, den ich bei den gemeinsamen Tanzbällen bei uns im Mädcheninternat auf Norderney kennengelernt habe. Diese Bälle wurden nur für die Hermann-Lietz-Schüler aus Spiekeroog organisiert, und die Schüler sind mit dem Segelschiff angereist.

Jochen wollte es sich nicht nehmen lassen, mich auch vom Zug abzuholen. Aber ich bin nicht verknallt in ihn, denn auf mich wartet doch Gottfried. Die vielen Briefe von ihm habe ich noch einmal gelesen.

Am nächsten Tag, endlich wieder zuhause in Gifhorn, steigt bei mir die Aufregung, ihn heute wiederzusehen. Mit meinem schönen neuen Mantel warte ich auf dem Bahnhof in unserer kleinen Stadt. Der Zug aus Wolfsburg kommt an, und meine Erregung steigt mit jeder Minute. Was wird Gottfried, mit dem ich jetzt schon sechs Jahre befreundet bin, wohl sagen?

Die letzten zwei Jahre haben uns vielleicht ein wenig entfremdet, aber seine Briefe haben mir doch bewiesen, dass ich für ihn noch immer seine erste große Liebe bin. Für mich ist er es jedenfalls. Zu schön war doch der erste Kuss, waren die Fahrten mit dem Fahrrad in die Heide und die so spannenden Erzählungen von England. Und jetzt habe ich auch etwas zu erzählen. Wenn auch nur von Norderney.

Aber war denn in den letzten Briefen nicht so etwas von Eifersucht zu lesen? Dabei gab es dafür doch keinen Grund, denn wir Mädchen wurden alle durch unseren Direktor so bewacht, dass wir uns nicht einmal trauten, ins Kino zu gehen.

Gottfried

Gottfried steigt nicht allein aus dem Zug. Vielleicht ist es ja nur ein Zufall, dass Heike neben ihm steht und sie sich anstrahlen. Als sie mich erblicken, sieht Gottfried auf einmal etwas belämmert aus. Deutlich ist für mich zu spüren, wie sich etwas verändert, auch bei mir. Plötzlich ist mein Mantel nicht mehr schön, ich bin noch kleiner als sonst und fühle mich beschämt und würde am liebsten gehen.

Da ist nämlich die Heike, die auch beim Ballett schon stets meine Konkurrentin war – viel größer und so hübsch blond. Wie meine Geschwister, blond und blauäugig, von meinem Vater mehr geliebt als ich, geht es mir durch den Kopf.

Trotzdem eine Verabredung am Nachmittag. Gottfried lädt mich ein, mit ihm zum Fußball zu kommen. Fußball, dazu habe ich natürlich überhaupt keine Lust, aber wenn es die einzige Möglichkeit ist, mit Gottfried Kontakt zu haben, dann verdränge ich meine schlechten Gefühle und fahre mit.

Gottfried hat sich einen roten Roller gekauft und hat ihn „Beate" getauft. Das Rollerfahren macht mir viel Spaß, denn so kann ich Gottfrieds Geruch spüren. Den liebe ich so an ihm, diesen sportlichen Männergeruch. Ich sitze ganz eng hinter ihm, spüre seine Nähe und möchte ihn streicheln und denke daran, wie schön es mit uns beiden war, bevor ich ins Internat musste. Aber Gottfried teilt meine Gefühle nicht mehr. Er erzählt von der Marine nach dem Abitur und dass wir uns dann erst einmal lange nicht sehen werden.

Ich spüre, wie mir die Angst vor Verlust den Rücken hochsteigt und empfinde wieder dieses Nichtgeliebtzuwerden. Aber noch bin ich bei ihm und fahre mit zum Fußball. Vielleicht habe ich mich auch getäuscht, und es wird alles wieder so, wie es vor meiner Zeit im Internat war.

Jetzt bereue ich schon, dass ich mich auf die Schulzeit in Norderney eingelassen habe. Meine Gedanken kann ich gar nicht verdrängen, vielleicht haben meine Eltern mich bewusst dort hingeschickt, um mich von Gottfried zu trennen. Aber Gottfrieds Eltern sind doch mit meinen befreundet. Oder wollten etwa beide Eltern diese Trennung? Ich bin sehr unsicher und zweifle wieder an mir, denn mit Heike kann ich mich nicht messen.

Während sich Gottfried auf dem Fußballfeld austobt, entdecke ich in seiner Jacke, die er neben mir auf der Bank liegen gelassen hatte, sein Tagebuch. Ich zögere einen Moment, kann dann aber doch nicht widerstehen, es aufzuschlagen und darin zu lesen. Und so erfahre ich viele intime Details aus seiner Beziehung zu Heike. Auf der Rückfahrt spüre ich nur Traurigkeit.

Gottfried wird Pädagogik studieren und danach bei der Bundeswehr arbeiten. Er durfte mich nicht heiraten, weil ich nicht eine Pommersche war, denn er durfte nur eine Frau aus Pommern heiraten. Seine Familie war fest davon überzeugt, eines Tages nach Pommern zurückkehren zu können und glaubte nicht, dass so eine überzeugte Niedersächsin wie ich mit dort hinziehen würde.

Bis zu seinem Tod 2012 werde ich zu ihm und seiner Frau, die er bei einem Treffen der Pommernjugend kennengelernt hatte, guten Kontakt haben. Daher weiß ich auch, dass sie beide nicht glücklich miteinander waren.

In meinem Elternhaus ist jeder mit sich selbst beschäftigt. Selbst meine Oma. Sie schaut mit dem Kissen auf der Fensterbank auf die Straße. Sie ist sehr krank, hat Rheuma und Gicht. Es kommt dann immer der Masseur, Herr Manteufel, mit Blutegeln, sie sollen aus den verkrüppelten Fingern das Blut absaugen. Danach werden die Egel in Spiritus gelegt, um das abgesaugte Blut wieder auszuspucken, das dauert immer so eine Stunde.

Oma kann ihre Knie nicht mehr gut bewegen. Jedes Mal zu ihrem Geburtstag wünscht sie sich von mir neue Knie. Ich würde ihr ja gerne helfen, aber als Dank bekomme ich dafür von ihr zu hören: „Atelein, du bist leider nicht so hübsch wie deine Schwester Heide".

Ich erinnere mich daran, dass ich als Kind anders heißen und mit der Puppe von meiner Schwester spielen wollte, aber jetzt bin ich mit neuem Selbstvertrauen nach Hause gekommen. Ich bin nämlich Beate, habe ein gutes Zeugnis und bin auch mit meinen Händen sehr kreativ. „Dir liebe Oma habe ich eine Schürze genäht, und merke dir für die Zukunft: Ich bin Beate und so wie ich bin, ist alles gut." Ein kleines Verzeihlächeln huscht über ihr Gesicht.

Neben dem Klavier in unserer Wohnung kann man aus dem kleinen Fenster einen Blick auf unsere wunderschöne

Kirche werfen. Und dort steht auch das Telefon. Vergeblich warte ich auf einen Anruf.

Vati kommt aus der Sprechstunde. Er ist immer sehr stolz, auch heute, dass er als Zahnarzt sechzig Patienten an einem Tag behandelt. Ich möchte die Gelegenheit nutzen, um mit ihm über meinen Berufswunsch zu sprechen. Ich bin jetzt zwar noch nicht mündig, weiß aber genau, was ich will.

„Vati, hättest du einen Moment Zeit für mich?"
„Nein!", ist die schroffe Antwort.
Ich zucke wie immer zusammen.

Ich weiß ja, dass er mit seiner hübschen Tochter Heide lachen und albern sein kann. Kommt sie samstags aus Hannover, dann ist Vati wie ausgewechselt, dann hat er Zeit und keine schlechte Laune. Ich habe auch nie gesehen, dass Heide für etwas bestraft wurde. Warum wurden denn ich und mein kleiner Bruder immer gleich zur Rechenschaft gezogen?

Wenn ich Mutti frage, warum Vati so ungerecht ist, dann werde ich von ihr behutsam in den Arm genommen und getröstet: „Aber ich hab dich lieb." Es bedrückt mich sehr, denn auch meine Mutti hat es gemerkt.

Ich liebe alle meine Geschwister sehr und zu meinem älteren Bruder sehe ich sogar auf. Er steht mir oft an Vaters Stelle zur Seite und führt mich auch manchmal zum Tanzen aus. Meine bildhübsche Schwester, die immer viele Chancen bei den Männern hatte, ist jetzt sehr glücklich mit ihrer großen Liebe und beide werden sich ein Leben lang treu bleiben.

Von den Geschwistern habe ich mit meinem kleinen Bruder, der nur anderthalb Jahre jünger ist als ich, die meiste Zeit meiner Kindheit in Gifhorn verbracht. Wir hatten viele gemeinsame Freunde, haben zusammen gespielt und sind bis zur Pubertät miteinander groß geworden. Er ist auch der Patenonkel von Raimo, konnte aber kaum für ihn da sein, da er später nach Karlsruhe gezogen ist.

Wenn ich Zahnschmerzen hatte, musste ich mich ins Wartezimmer setzen und so habe ich gehört, wie lobenswert alle Patienten von meinem charmanten und liebevollen Vater sprachen. Ich konnte es nicht fassen, denn privat zeigte er doch oft ein anderes Gesicht.

Die Helferin hatte wohl ein Techtelmechtel mit meinem Vater. Das „Fräulein" – sie legte auf diese Anrede sehr großen Wert – war keine hübsche, sondern eine ältere „reife Frucht", wie wir sie nannten.

Sie saß auch bei uns mit am Esstisch und verpetzte mich oft bei meinen Eltern, wenn sie mich in Situationen ertappt hatte, die diese nicht wissen sollten. So auch einmal, als sie mich im Wald mit meinem Freund gesehen hatte.

Aber es gab diese Momente der kleinen Rache für mich. „Fräulein" schwamm sehr gerne etepetete brav mit Badekappe in der Badeanstalt. Diese Chance haben wir genutzt, indem wir einfach mit einer Arschbombe vor ihr ins Wasser gesprungen oder einfach knapp unter ihr hindurch getaucht sind.

Mit meinem „Schlüssel zum Glück" konnte und wollte ich unbedingt Innenarchitektin werden. Ich hatte nicht nur viele schöne Bilder gemalt, überhaupt lag es mir, mit meinen Händen zu werken. So kam ich dann auch auf die Idee, für meine Freundin Elisabeth und meinem jüngeren Bruder eine Gesichtsmaske zu machen.

In dem Labor meines Vaters, in dem ich gern herumschnüffelte, lag alles griffbereit: Gips, Becher und Spachtel. Nur zwei Strohhalme musste ich besorgen, damit Elisabeth während des Gipsabdrucks auch durch die Nase atmen konnte.

Schon mit fünfzehn Jahren bin ich in eine Holzhandlung gegangen, allein der Geruch hat mich bezaubert und das viele Holz hat mich begeistert. So habe ich dann auch meiner Freundin zu ihrem Geburtstag einen Holztisch geschenkt, den ich aus einer Bohle mit drei Beinen selbst hergestellt hatte.

„Mutti, morgen fahre ich nach Hannover und melde mich in der Werkkunstschule an, um die Ausbildung zur Innenarchitektin zu machen." „Ja, mein Kind, pass gut auf dich auf ", antwortete meine Mutter.

Fröhlich und selbstsicher bin ich nach Hannover gefahren, habe den Weg nach Herrenhausen erfragt und schon bin ich dort an der Auskunft und bekomme den Anmeldebogen. Aber bevor ich dort anfangen kann, muss ich eine Handwerkslehre machen. Sehr gern, eine Ausbildung vor dem Studium in einer Tischlerei wäre ohnehin mein Wunsch gewesen.

Da kommt doch tatsächlich ein dunkelhaariger junger Mann auf mich zu und fragt mich freundlich:
„Kann ich Ihnen helfen?" „Oh, ja gern, könnten Sie mir die Räume für die Innenarchitekten zeigen?" antworte ich überrascht. „Das kann ich", sagt dieser gutaussehende Student. „Aber eigentlich studiere ich Architektur und wollte mich hier einfach nur einmal etwas über die Innenarchitektur informieren."

Was ist denn da der Unterschied? Bei einer Tasse erklärt er ihn mir und dann klönten wir über das Studium hier und über meine Lust am Handwerk.

Beim Abschied nennt er mir kurz seinen Namen: Reiner Licht und fügt hinzu: „Melde dich doch einfach, wenn du in Hannover anfängst." Mit diesen neuen Eindrücken bin ich zufrieden wieder zurück nach Gifhorn gefahren.

Gleich am nächsten Tag bin ich zu unserem Tischler, Herrn Fröhlich, gerannt und habe ihn gefragt: „Kann ich eine Lehre machen bei Ihnen, Herr Fröhlich?" Er ist ein gütiger und netter Herr und sagt mir gleich zu. So, jetzt ist alles perfekt. Ich habe eine Lehrstelle und die Möglichkeit, später zu studieren.

Jetzt müsste mein Vater doch stolz auf mich sein.

Aber...
Es ist schon so merkwürdig ruhig, meine Eltern freuen sich überhaupt nicht mit mir. Nein, plötzlich hat mein gewichtiger Vater mir etwas zu sagen.

„Du machst die Lehre als zahnmedizinische Assistentin! Das ist eine neue Berufsausbildung, und wir sind der Meinung, du solltest etwas im weißen Kittel machen. Dein Bruder wird Zahnmedizin studieren und du kannst ihm dann assistieren".

Welch ein Hohn, ich werde doch nicht bei meinem Bruder, der mich schon jetzt kommandiert, in der Praxis arbeiten. In mir regt sich plötzlich mein Widerstandsgeist. Ich will Innenarchitektin werden! Denn als ungeliebte Tochter muss ich auch nicht alles tun, was dieser Vater von mir will.

Aber...
„Aber wir haben dich schon angemeldet in Hannover bei Dr. Klein, nächste Woche stellst du dich vor", bestimmt mein Vater. Ich bin verzweifelt, alle meine Wünsche und Vorstellungen sind harsch vom Tisch gewischt.

Warum kann ich denn nicht in meinem geliebten Gifhorn bleiben, wo meine Freundinnen sind und wo ich meinen Hobbys nachgehen kann?

Das musste ich jetzt erfahren. Meine Mutter sagt: „Immer der große Ärger mit deinem Vater! Du musst lernen, dass in einer anderen Stadt auch Brot gebacken wird."

Dr. Klein, ein attraktiver Zahnarzt in Hannover, ist gleich bereit, mich als Lehrling zur zahnmedizinischen Assistentin einzustellen.
„Am nächsten 1. fangen Sie bitte an. Vielleicht bringen Sie auch gleich ihren Kittel mit."

Die Blicke von Dr. Klein gingen an meinem Körper hoch und runter, so als wollte er mich gleich ausziehen. Am liebsten hätte ich ihn gefragt: „Kann ich mich wieder anziehen?"

Aber schnell war ich dann doch wieder bei mir und fragte, ob ich mit Absatzschuhen arbeiten dürfe, oder ob es auch dafür Vorschriften gäbe. Ein kleines Lächeln war die Antwort von Dr. Klein.

In meinem Betätigungsfeld bei Dr. Klein reizte mich besonders die Arbeit in dessen Labor. Leider war es unendlich unsauber und ungepflegt, aber das spornte mich nur an, mutig anzufangen. Am liebsten machte ich Zahnabdrücke aus Gips oder Silikon. Und aus dem Abschliff vom Gold durfte ich sogar einen Ring und einen Armreif herstellen.

Der erste Tag mit Fräulein Schulze, meiner steifen und unbeweglichen Kollegin mit dicken knallroten Lippen, war nicht nach meinem Geschmack, denn sie wollte alles selber machen und ich durfte nur brav zuschauen.
Das passte überhaupt nicht zu meinen Vorstellungen von einem Beruf, aber man ließ mich schnell wissen: „Lehrjahre sind keine Herrenjahre."

Dafür war der Chef sehr, sehr freundlich zu mir, und in der Mittagszeit blieb er in der Praxis. Da er sehr stolz ist auf sein Gesicht und seinen Körper, hatte er sich eine Solarleuchte aufgestellt. Weil ich in den drei Stunden Mittagspause nicht wusste, wohin ich gehen sollte, bin ich auch in der Praxis geblieben und war dort mit meinem Chef allein, da meine steife Kollegin in der Zeit immer nach Hause gegangen ist.

Die Gelegenheit mit dem Chef zu flirten war günstig, aber außer der prickelnden Atmosphäre, als ich ihm die Hautcreme auftragen durfte, ist nichts gewesen.

Der Sommer ist einfach herrlich. Hannover ist immer wieder aufs Neue schön. Auf dem Maschsee die Paddelboote, Ruderboote und die Segelboote. Segeln, ja, das möchte ich auch können. Es gibt dort eine Segelschule und dort melde ich mich an.

Ein sehr sympathischer Lehrer fährt jeden Tag mit mir auf dem Boot aufs Wasser. Herrlich, die Segel rechts und links das Vorsegel, und dann schön an die Kelle gehen, es macht Spaß. Abends in meinem Zimmer – ich wohne in der Podbielskistraße, kurz Podbi, zur Untermiete und übe Knoten drehen und lerne die Technik der Wende und der Halse.

Meine Vermieterin ist eine gesprächige, nette Dame, lebt nicht mit ihrem Mann zusammen, angeblich weil er schnarche und bei seiner Schwester schlafe. Na, komisch, ich treffe ihn doch jeden Abend hier. Aber was geht es mich an?

Es gibt in dieser Altbauwohnung sechs Zimmer und vier davon sind vermietet. Abends treffen sich die Mieterinnen auf dem langen Flur zu einem Schwätzchen.

Leider hatte ich das Zimmer mit einer Schiebetür zum Wohnzimmer der Vermieterin. Es war nur mit einem Schlafsofa ausgestattet und wurde tagsüber von ihr mitbenutzt. Und dann sollte ich auch noch wie die anderen Mieter Geschirr abwaschen. Das ging mir dann aber doch zu weit, weil ich gar nicht selbst gekocht habe. Ich gehe lieber früh zu Bett, um am nächsten Tag auch fit in der Praxis für meine Arbeit zu sein. Und bald steht auch die Prüfung für meinen Segelschein an. Und die will ich natürlich bestehen.

Was ist denn heute bloß los, es ist sehr still in der Wohnung, und ich schlafe schon fest. Ich werde wach, weil mich ungewöhnliche Geräusche wecken. Dann wird leise die Schiebetür aufgeschoben, schnell rutsche ich unter meine Decke und höre mich atmen. Da legt sich eine Figur zu mir ins Bett. Ich erschrecke und sehe den Ehemann der Vermieterin. Seine Frage, ob ich etwas dagegen habe, wollte ich nicht beantworten, hole aus und knalle ihm eine.

Plötzlich fühle ich mich schuldig. Noch nie in meinem Leben habe ich einen Menschen geschlagen. Es war ein Reflex, den ich von mir nicht kannte.

Aus Angst, dass ich am Morgen zur Rede gestellt werden könnte, bin ich die ganze Nacht wach geblieben, habe in aller Frühe meine Sachen gepackt, mein Bett gemacht und bin noch vor den anderen aus dem Haus geschlichen, in das ich nie mehr zurückgehen wollte.

Der Zufall wollte es, dass meine Mutti genau an diesem Tag nach Hannover kommt und mich besuchen will. Sie will mich abholen und überraschen, aber meine Wirtin erzählt ganz frech:

„Ihre Tochter geht jeden Abend aus und kommt auch manchmal nicht zum Schlafen nach Haus. Sehen Sie, ihr Bett ist unberührt."

Das hat meine Mutter sowieso nicht geglaubt, weil sie wusste wie ehrlich ich war. Dann bin ich sofort ausgezogen.

Reiner

Am Tag, an dem ich erfolgreich die Prüfung meines Segelscheins bestanden habe, steht da plötzlich wieder dieser Student vor mir, mit dem ich mich so angeregt in der Werkkunstschule unterhalten hatte. Ich erfahre von ihm, dass er in einer Baubehörde am Maschsee sein Praktikum mache und mich bei seinen Spaziergängen während seiner Mittagspause schon häufiger beim Segeln beobachtet habe. Da fällt es mir wieder ein. Wir hatten uns getroffen, und jetzt finde ich ihn wieder – oder besser er mich. Was für ein Glück.

Dieser Reiner ist so hübsch mit seinen braunen Augen und den dunklen Lockenhaaren, der Mann meiner Träume und dann noch Student der Architektur, auch fast wie mein Traumberuf, die Innenarchitektur.

Es war soweit, ich wusste, das kann gut gehen mit uns. Mehrfach haben wir uns jetzt getroffen und angeregte Gespräche geführt, und wir waren auch zusammen auf einem Faschingsfest vom Studentenwerk.

Aber dann hat Reiner plötzlich die Verabredungen nicht mehr eingehalten und ist zu unseren Treffen nicht mehr erschienen. Da wurde ich misstrauisch, denn so etwas war ich nicht gewohnt. Schon gar nicht von jemandem aus einem guten Elternhaus.

Ich habe dann seine Adresse herausgefunden und bin zu seiner Wohnung in der Südstadt gefahren und habe bei ihm geklingelt. Eine nette Frau hat mir aufgemacht.

„Guten Tag, Frau Licht!", habe ich sie gleich angesprochen. „Verzeihen Sie bitte die Störung zur Mittagszeit, aber Reiner hat seine Verabredungen nicht eingehalten, und nun wollte ich gern erfahren, ob er wohl krank ist?"

Frau Licht lächelte und sagte mir, dass ihr guter „Tschunge", Frau Licht war eine waschechte Friesin, gleich von der Uni zurückkäme. Ich müsse aber draußen warten, weil sie mich nicht kenne. Es regnete und ich stellte mich unter den nächsten Baum. Da kam auch schon mein hübscher Reiner, schmuck gekleidet mit blauem Hemd, blauen Jeans und rotem Pullover. Wie gut wir doch zusammenpassen, dachte ich. Er hatte mich aber nicht gesehen und verschwand im Haus.

Reiner war überrascht, als ich ihm jetzt gegenüberstand. „Verzeih, liebe Beate, ich hatte so viel zu tun, aber es wird nicht wieder vorkommen." Zufrieden ging ich heim.

Doch Reiner hielt sein Versprechen nicht ein und hat nicht einmal mehr angerufen. Und ich war jung und voller Taten- drang, ich wollte die Welt erobern.

Das habe ich getan, mich in Hamburg beworben und gleich eine Stelle bekommen. Dort studierte mein Bruder Zahnme- dizin und mein Zahnarzt hatte seine Praxis genau an der Außenalster und damit direkt am Paradies zum Segeln.

Es war eine schöne Zeit. Ich lernte viele nette Leute kennen. Im Withüs, einer Milchbar mit klassischer Musik, habe ich häufiger meinen Bruder getroffen und mit ihm mit großer Freude die Abende genossen.

Reiner hatte ich vergessen und mein neues Ziel war München. Schließlich wollte ich ja mehr von der Welt sehen. Da ich auf meine Bewerbungen positive Antworten bekommen hatte, bin ich zuversichtlich nach Bayern gereist.

Aber welch eine Enttäuschung. Alle Praxen mit Laboren hätten mich gern genommen, wenn ich katholisch gewesen wäre.

Zornig und enttäuscht bin ich schnurstracks wieder zurückgefahren, denn als überzeugte Protestantin wäre ich niemals Katholikin geworden.

Um nach Gifhorn zu kommen, musste ich in Hannover umsteigen und habe die zwei Stunden Wartezeit für einen kleinen Stadtbummel genutzt.

Wie es wohl der Zufall will, läuft mir dort Reiner über den Weg. Er kommt auf mich zu und ist riesig erfreut, mich zu treffen.
„Was machst du hier?" fragt er mich überrascht. „Ich habe schon so lange nach dir gesucht und meine Mutter fragt immer wieder nach dir. Wo warst du? Du musst wissen, dass ich deine Adresse nicht hatte, denn dann hätte ich dir längst gesagt, dass ich dich gern heiraten möchte. Meine Mutter findet auch, dass du die Richtige für mich bist."

Das war wirklich sehr befremdlich für mich und ich habe ganz schnell meinen Perlenring gedreht, um ihm vorzutäuschen, dass ich verlobt bin. Aber das war für Reiner kein Grund, mich dennoch zu seinen Eltern einzuladen, am nächsten Sonntag zum Essen. Etwas überrumpelt habe ich zugesagt. Das war der Beginn einer traurigen Geschichte.

Es kam zu einer Gegeneinladung bei meinen Eltern, bald darauf zu einer Verlobung und zum Umzug von Gifhorn wieder zurück nach Hannover. Wir waren ein Vorführpaar, wunderschön anzuschauen, aber konnte das für eine gute Ehe reichen?

Reiner konnte nicht schwimmen, nicht Fahrrad fahren, hatte keinen Führerschein und auch selten Lust zu etwas, was mir Freude bereitet hätte. Kino. Tanzen. Theater. Gut, dann bin ich eben alleine ins Theater oder zum Schwimmen gegangen. Aber Zärtlichkeit auch alleine?

Reiner war von seiner Mutter streng erzogen worden, was bedeutete, dass voreheliche Berührungen nicht in Frage kamen. Unterhalb der Gürtellinie war alles tabu.

Das konnte ich nicht glauben, denn ich hatte ja schon mit Gottfried die große Liebe erfahren. Und so fühlte sich diese nicht an. Deswegen bin ich auch kurz vor den Hochzeitsvorbereitungen zu meiner Mutter gegangen und habe sie gefragt: „Mutti, ich bin nicht so glücklich, dass Reiner keine sexuelle Liebe haben möchte. Das ist doch nicht richtig." „Doch mein Kind, ich war bis zur Ehe unschuldig. Die Liebe kommt in der Ehe:"

„Na, gut", dachte ich. „Vielleicht bin ich ja zu drängelig." Immerhin ist Reiner ja auch acht Jahre älter als ich und musste wohl erfahren sein.

Die Hochzeit in unserem Haus in Gifhorn wird sehr pompös und groß vorbereitet. Meine Mutti näht mir das Kleid nach meinen Vorstellungen, lichtblaue Wildseide habe ich mir gekauft und einen Schleier auch in Lichtblau.

Alle Familienangehörigen und gute Freunde sind eingeladen, und meine geliebte Kirche, auf die ich immer vom Fenster aus schauen kann, wird der Ort für das Eheversprechen sein.

Und fast alles bleibt in der Familie. Sogar der Pastor, der uns traut. Er ist der Bruder meiner Mutter, dazu mein liebster Onkel der Welt.

Als Traumpaar schreiten wir dann in einer immer länger werden Schlange am Elternhaus vorbei ins Deutsche Haus zum Feiern.

Die Feier im Deutschen Haus ist gut vorbereitet, mein Freund Henne spielt auf dem Klavier den Hochzeitsmarsch, es wird gegessen und getanzt und gelacht. Ich habe doch Glück, einen tollen Mann, liebe Schwiegereltern, zufriedene Eltern und wunderbare Geschwister.

Wie so üblich verschwinden wir, noch bevor die Feier zu Ende geht und fahren in ein Hotel, das Reiner für uns ausgesucht hat. Es geht die Treppen hoch und da ist sie schon, die erste Enttäuschung.

Keine Blumen und kein Sekt auf dem Zimmer. Reiner hatte wohl vergessen, dass das zu einer Hochzeitsnacht dazugehört.

Aber dennoch möchte ich heute die Zärtlichkeiten erzwingen, wir sind ja doch jetzt verheiratet und ich sehne mich danach, meinen Ehemann zu streicheln. Auch wenn er müde ist, setzte ich alle meine Waffen ein, ihn zu verführen. Ganz unerfahren bin ich ja nun doch nicht mehr, habe ja mit Gottfried sehr schöne Momente ausgetauscht. Schnell merke ich aber, es ist doch anders. Mein Mann ist sehr viel zurückhaltender.

Aber ich ziehe mich geschickt aus. Mit meinen Straps und dem blauen Strumpfband mit der Spitzenunterwäsche, alles passend in Lichtblau, verführe ich meinen schönen Mann. Er ist so wunderbar behaart, es gefällt mir, in seinen Haaren zu kraulen, bis er auch Lust verspürt und damit die Hochzeitsnacht für mich gerettet ist.

Was ist denn jetzt wohl los? Mitten in der Nacht klingelt ein Wecker, und ich habe doch keinen gestellt. Wir schrecken auf, rennen im Zimmer umher und stellen fest, dass uns da jemand einen Streich gespielt hat. Fünf Uhren klingeln nacheinander aus verschiedenen Ecken. Eine Stunde suchen wir, dann können wir uns noch einmal lieben.

Da war am nächsten Morgen etwas, was ich vorher noch nie verspürt hatte. Meine Brüste waren so fest und ich fühlte mich so anders, ohne dass ich die Begründung dafür herausfand.

Nun geht es mir gut, und wir gehen morgen auf Hochzeitsreise, alles ist gepackt, nach Dubrovnik fliegen wir und freuen uns jetzt darauf.

In einem Sporthotel kommen wir unter und am Strand kommt es schnell zu Ferienfreundschaften mit anderen Paaren, mit denen wir auch beim Abendessen zusammensitzen.

Ich sehe sehr gut aus mit meinem langen blonden Zopf. Alle wollen gern meine Haare offen sehen. Doch meine Haare trage ich nur für Reiner offen. In unseren Nächten.

Braungebrannt kommen wir aus dem Urlaub und legen gleich los mit der Gestaltung unserer Wohnung.

Reiner ist ein wunderbarer Architekt und hat unseren Wohnbereich völlig neu gestaltet. Meine neue Stelle im Labor macht mir viel Spaß, und wenn ich nach Hause komme, hat Reiner schon fleißig an den Räumen gewerkelt, und bald sind die Fenster frisch gestrichen. Wie gut, dass ich so liebe Schwiegereltern habe und wir jeden Tag von Reiners guter Mutter eine schöne Mahlzeit bekommen.

Doch ich mochte plötzlich keinen Kaffee mehr und auch den Geruch von Farbe konnte ich nicht mehr ertragen. Überhaupt wurde mir auch sonst sehr schnell übel. Und dann war auch meine Mensis überfällig.

Nun muss ich mir zum ersten Mal einen Frauenarzt suchen. Davor hatte ich mich bislang immer gedrückt.

Dr. Meier hatte seine Praxis nicht weit von unserem neuen Heim entfernt, und ich habe auch schnell einen Termin bekommen. Die Untersuchung hat nichts Besonderes ergeben.

„Es ist alles soweit in Ordnung. Aber zu Ihrer Sicherheit verschreibe ich Ihnen drei Testtabletten. Wenn Sie in einer Woche immer noch keine Menstruation haben, kommen Sie einfach wieder vorbei."

Abends komme ich unbeschwert und fröhlich nach Hause und erzähle Reiner von meinem Besuch beim Arzt und das alles in Ordnung sei.

Wir haben dann noch ein paar Leisten gestrichen und sind danach müde ins Bett gefallen.

Nach der Einnahme der Tabletten hatte sich aber nichts geändert. Deshalb bin ich also wieder – dieses Mal mit Herzklopfen – zu Dr. Meier gegangen. Und nachdem ich ihm meine Beobachtungen mitgeteilt hatte, war es für den Arzt klar: „Sie werden Mutter, Frau Licht!"

Gleich denke ich natürlich an die Testtabletten. „Herr Dr. Meier, welche Wirkung sollten denn diese Tabletten haben, wenn sich doch nichts getan hat bei mir?"

„Ja", sagte Dr. Meier völlig ruhig, und ich merkte wie nervös ich wurde und mir das Blut in den Kopf stieg. Ich hörte nur noch: „Machen Sie sich keine Sorgen, freuen Sie sich auf ihr Kind."

„Aber kann diese Tablette etwas auslösen bei dem ungeborenen Kind?" Ich hatte kein gutes Gefühl bei diesem Gedanken.

„Nein, das sind wissenschaftlich getestete Tabletten, die immer eingesetzt werden. Sie wirken völlig harmlos auf die Gebärmutter."

Mein Weg nach Hause ist überschattet von den vielen Gefühlen, die ich erst einmal verarbeiten muss. Jetzt wollen wir doch noch kein Kind, Reiner verdient noch kein Geld und ich habe gerade erst eine Stelle angenommen, eigentlich passt das jetzt gar nicht in mein Programm. Aber dann kommt die Freude auf, ich werde Mutter, welch ein Glücksgefühl ist das!

Aber da ist wieder diese Angst wegen der Tablette. Doch die rede ich mir schön, weil mich der Arzt ja beruhigt hat. Es könne nichts passieren, hat er mir ausdrücklich gesagt. Reiner findet den Gedanken an ein Kind überhaupt nicht gut. Er will doch erst noch sein Examen machen. Aber in diesem Moment ist uns klar, es gibt keine andere Lösung: Wir sind verheiratet und bekommen ein Kind.

Bei meiner Arbeit im Labor, die mir nach wie vor sehr viel Spaß macht, kann ich mich gut von meiner Angst ablenken.

Doch als ich dann dem Chef beim Röntgen assistieren soll, weigere ich mich und sage ihm, dass ich schwanger sei und keine Strahlen auf meinen Körper haben möchte.

So, nun ist es raus, und alle freuen sich mit mir, obwohl ich meine Ängste nicht verdrängen kann.

Immer wieder bin ich selbst überrascht, wenn ich plötzlich daran denken muss, dass ich diese Tabletten nicht hätte nehmen dürfen.

In der Übungsgruppe für Schwangere haben die Frauen auch Ängste. Andere als ich. Sie haben das Schlafmittel Contergan eingenommen.

Obwohl ich immer wieder alle beruhigt habe, bleibt für mich wegen meiner Tabletten ein mulmiges Gefühl.

Es ist schon alles liebevoll vorbereitet: Das Körbchen hat meine Mutti gekauft und mit einem geblümten Stoff bezogen, die Babywäsche und Windeln hat meine Schwiegermutter besorgt und den Kinderwagen haben wir erst nur bestellt, denn so wird mir erzählt, es bringe Unglück, wenn der schon vor der Geburt im Haus steht.

Mein Bauch ist wirklich langsam sehr schön gerundet, und heute kommt meine liebste und innigste Freundin Elisabeth. Wir haben beide nicht nur zur gleichen Zeit geheiratet, auch sonst verbindet uns sehr viel. Ich freue mich riesig, wieder einmal mit Elisabeth durch den Wald zu streifen.

„Weißt du noch Elisabeth, als wir uns damals noch völlig ahnungslos von Gut und Böse den ersten Kuss gebeichtet haben und geglaubt haben, wir würden ein Kind bekommen? Die Königin von England bekommt ein Kind nach dem anderen nur durch Küssen? Weißt du noch, dass wir uns angeritzt und das Blut miteinander verbunden haben?"

„ Ja, ich weiß Beate, und dann haben wir uns versprochen, immer ehrlich miteinander umzugehen."

„Ja, so ist es auch bis heute geblieben, deshalb möchte ich auch, liebe Elisabeth, unser Versprechen halten, und dir noch einmal sagen, mein Baby wird dein Patenkind werden. Ich bin schon sehr gespannt, was es wird."

Mit Elisabeth kann ich über alles reden, und wenn wir von unserer Schulzeit schwärmen, dann ist alles sehr schön.

Wir haben jede freie Minute miteinander verbracht, haben uns Jacken gestrickt, im Sommer gemeinsam den Jugend-schwimmschein geschafft, sind mit den Fahrrädern durch die Wälder gestreift, haben Tennis gespielt und bei den Tanz-stunden mit den älteren Jungs geflirtet.

Und dann war da noch unsere erste Reise.
„Denkst du auch manchmal an die Zeit, als wir im Wörther-see geschwommen sind und uns die Jungens nachgelaufen sind?" Wir waren so herrlich jung, und die Welt lag uns zu Füßen. Alles konnten wir uns sagen und unsere Freund-schaft ist bis heute wunderbar geblieben.

Meine Cousine Ruth sollte auch Patentante werden. Deswegen bin ich wieder einmal zu meinem Onkel und meiner Tante gefahren, bei denen ich eine Zeit lang ge-wohnt habe. Für meinen Onkel Gerold, den gütigen Pastor, habe ich sehr geschwärmt und ihm konnte ich mich auch immer mit meinen Sorgen und meinem Kummer anvertrauen. Oft haben wir abends zusammengesessen und haben die Pfeife geraucht, die er in Sibirien in Gefangenschaft geschnitzt hatte.

Seine Tochter Ruth ist gerade erst konfirmiert und mächtig stolz, so jung schon eine Tante sein zu dürfen. Es ist auch für mich ein beruhigendes Gefühl, alles in reinen Tüchern zu haben.

Jetzt muss ich noch klären, in welcher Klinik ich denn mein Kind zur Welt bringen kann.

Mein Arzt Dr. Meier ist Frauenarzt, aber kein Geburtshelfer. Diese Frage kommt doch jetzt recht schnell auf mich zu, wir haben schon Januar, und am 1. März ist der errechnete Geburtstermin für mein Kind.

Da gibt es die Geburtenklinik in Kleefeld, meine Schwester hat so davon geschwärmt.

Mit Reiner bespreche ich, dass ich mich dort anmelden werde. Und so fahre ich auch am nächsten Tag mit dem Bus die Stationen ab, um zu sehen, wie weit der Weg dorthin ist, wenn es losgeht.

Es riecht nach Essen, Rotkohl und Bratwurst, das ist für mich im Moment ganz widerlich.In diese Klinik möchte ich nicht gehen, mein Geruchssinn schiebt die Gedanken weit von sich. Da kommt eine Schwester auf mich zu und fragt, was ich denn möchte. Eigentlich hatte ich vor, mich zur Geburt anzumelden, aber meine Antwort kommt so zögerlich, dass ich erst einmal in einen anderen Raum gesetzt werde. Alles immer ohne meinen Ehemann, es ärgert mich auch, dass Reiner nie mitkommt, wenn etwas entschieden werden muss. Das überlässt er jetzt auch wieder mir alleine, obwohl es bei diesen Entscheidungen auch vom Vater mit abhängt. Mein Ärger nimmt zu, und als ich dann gefragt werde, wann der Termin ist und ob ich nach der Geburt das Kind auch in der Klinik lassen möchte, habe ich fluchtartig das stinkende und widerliche Haus verlassen.

Später habe ich erfahren, dass dort immer wieder alleinstehende Mütter bis zur Geburt arbeiten und dann ihre Kinder dort zur Adoption lassen. Was sind das bloß für unangenehme Fragen gewesen?

Ich kann mich überhaupt nicht mehr einkriegen und bekomme schon auf dem Weg nach Hause einen Weinkrampf. Auch Reiner weiß keinen Rat. Da wird mir bewusst, dass er oft keinen Rat weiß.

Warum muss ich immer alles entscheiden? Wo bleibt denn das Verständnis von meinem Ehemann, ist das überhaupt normal, dass sich die angehenden Väter heraushalten? Diese Fragen und viele andere, nämlich wo ich jetzt mein Kind kriegen soll, werde ich wohl alleine klären müssen.

Eine Patientin aus meiner Praxis erzählt mir, dass sie gerade wegen einer Operation in einer sehr fürsorglichen Privatklinik gewesen sei. In eine solche Klinik möchte ich auch.

Und tatsächlich habe ich das Glück, dass mir mein einfühlsamer Frauenarzt, bei dem ich mich in guten Händen fühle, anbietet, mich in der von ihm betreuten Privatklinik entbinden zu lassen.

Die Zeit naht und meine Atemübungen führe ich regelmäßig durch. Und alles ist für mein Kind vorbereitet. Ich kann es kaum abwarten, es in sein Körbchen zu legen. Mein Kind, ein herrliches Gefühl!

Noch schnell alles putzen, die ganze Nacht verbringe ich, um meine Badewanne zu schrubben. Ich bin so stolz, dass alles bereit ist. Morgens bekomme ich die ersten Wehen, oder waren es doch etwa Bauchschmerzen? Dann merke ich, dass etwas Blut kommt.

1.März 1967 Raimo

Um 12 Uhr habe ich den Termin in der Klinik. Ein Taxi bringt mich dorthin. Ich lege mich ins Bett und merke, dass die Wehen immer heftiger werden.

Das Essen kommt: Bratwurst und Rotkohl, wieder dieser Geruch, den ich in diesem Moment nicht ertragen kann.

Die diensthabende Hebamme untersucht mich und meint, es würde noch dauern, bis das Kind zur Welt käme. Sie hatte aber wohl keine Lust, kurz vor ihrem Dienstende noch ein Kind zu entbinden.

Doch sie hat sich geirrt. Ich spüre, dass es bald so weit sein wird. Deshalb stört es mich auch in meiner Konzentration, dass meine Bettnachbarin noch lauten Besuch bekommt.

Langsam ist es unerträglich, ich wünsche mir einen ruhigen Raum, da beginnt die Blase zu platzen und alles fließt in das Bett. Welch ein Glück, dass der Wechsel der Hebammen stattgefunden hat.

Jetzt komme ich in einen ruhigeren Raum, ich liege allein, die Hebamme ist lieb und hat Verständnis. Die Presswehen sind geradezu angenehm, und so kommt mein Kind schon kurz nach 13 Uhr zur Welt. Ich höre ein leises Schreien und spüre die Stille im Raum. Der freundliche Arzt kommt zu mir und sagt: „Es ist ein süßer Junge, aber er hat eine Hasenscharte, ich rufe gleich ihren Mann an, um ihm das mitzuteilen." Ich bekomme kein Wort heraus, meine Gedanken rasen.

Wie sieht so etwas aus, wie kommt so etwas überhaupt, und was bedeutet dieses Wort? Da kommt der Arzt herein und sagt: „Sie haben aber einen lieben Mann. Der hat gleich gesagt, das mache doch gar nichts."

Die Naht tut weh, ich möchte weinen, habe bislang kein Wort herausbekommen, möchte schreien, aber meine Zunge ist wie festgenagelt. Alles schmerzt, aber es ist mir alles egal, ich möchte in Ohnmacht fallen und wach werden mit einem süßen Kind im Arm.

Mit mir und meinen Gedanken fühle ich mich verloren, bis jetzt habe ich mein Kind noch nicht gesehen. Ich erinnere mich an einen Jungen aus meiner Schule, der eine Hasenscharte hatte. Ein armer Junge, der nicht operiert war und dem der Schnodder immer in den Spalt gelaufen war.

Und so soll jetzt auch mein Kind sein?

Da geht die Tür auf und mein Mann mit meinem Vater und meinem Bruder kommen zu mir. Meine Tränen lasse ich jetzt laufen und hoffe, dass sie mir alle helfen können. Es ist merkwürdig, keiner gratuliert mir, keine Blumen, nur sture und fragende Gesichtsausdrücke. Was ist bloß geschehen? Der Arzt weiß auch keinen Rat. Mein Bruder, der gerade Zahnmedizin studiert, spricht von vielen Operationen.

Er hat schon gleich einen Anmeldebogen aus der Hamburger Eppendorfer Klinik mitgebracht. „Du wirst dann angeschrieben, wann du den Jungen dort abgeben kannst", erzählt mir mein Bruder, er assistiert im Moment auf dieser

Station. Bisher habe ich mein Kind immer noch nicht gesehen und wünsche nur, meinen süßen kleinen Jungen endlich in den Armen zu halten, um mir ein Bild zu machen, wie er ausschaut.

Die Nachtschwester kommt und zum ersten Mal höre ich liebe Worte: „Hallo, liebe Mutti, herzlichen Glückwunsch zu Ihrem Sohn, er schaut sehr nach einem Jungen aus. Wollen Sie ihn füttern und wickeln?" Oh, ja, endlich eine liebe Stimme, jetzt aber schnell zu meinem Kind.

Er sieht so süß aus, ist ja sehr klein, denn sein Geburtsgewicht ist eigentlich zu gering. Über die Lippe haben die Schwestern einen Wattebausch gelegt. Wollen sie den Anblick nicht ertragen oder meine Tränen nicht aushalten?

Die Watte lege ich gleich fort, ziehe mein Kind aus, denn jetzt will ich alles sehen, was vielleicht noch nicht vorhanden ist.

Sind alle Füße dran und die Finger? Es ist alles da, nur die Lippe ist gespalten. Wenn er schreit, dann kann ich sehen, dass Kiefer und Gaumen auch gespalten sind. Bis auf das Zäpfchen ist alles wie mit einem Messer durchgeschnitten. Warum ich, warum mein Kind?

Eine Ahnung einer Antwort bekomme ich, als mein Bruder mich anruft und mich fragt: „Hast du eine Testtablette genommen?"
Ja, da ist wieder die Angst, also doch nicht unbegründet und auch nicht unbekannt.

Was kann so ein kleines Wesen eigentlich dazu. Ich spüre augenblicklich: Ein langer schwerer Weg steht mir bevor, und der Vater von diesem kleinen Wesen ist selbst sehr hilflos, kann keine Worte finden, weiß auch nicht, wie es weitergehen soll.

Immer wieder wurde ich von dem Traum eingeholt, in dem ich mit meinem kleinen Baby im Arm auf einen großen schwarzen Berg steigen muss, weil dahinter hell die Sonne strahlt.

Die Milch wird abgepumpt, ich komme mir vor wie eine Kuh, die gemolken wird, aber dann finde ich es schon gut, wenn mein Kind sie bekommt. Wie geht das wohl mit dem Trinken? Am nächsten Morgen wird mir mein Baby in den Arm gelegt, und es wird zur Erinnerung ein Foto gemacht. Mit der „Schokoladenseite" natürlich, wie die Schwester sagt.

Es kommt ein sargähnliches Gehäuse. Ich staune nicht schlecht, das ist der Transportkorb für mein Kind. Bekommt er denn auch Luft? Wo bringen sie ihn denn jetzt hin? Warum weiß der Arzt auch nicht, wie es weitergehen soll? Was passiert jetzt mit meinem Raimo? Ja, Raimo, so soll er heißen, denn sein Großvater heißt Reinhold, sein Vater Reiner.

Wir kennen einen Finnen, der heißt Raimo. Ich finde diesen Namen wunderschön. Es ist ein besonderes Kind, und so soll es auch einen besonderen Namen haben.

Mein Raimo kommt in die Kinderheilanstalt, und ich möchte auch nicht hier im Krankenhaus bleiben, denn jetzt gehöre ich dorthin, wo mein Kind ist. Auf eigene Verantwortung, wie es so üblich ist, kann ich dann diese Privatklinik verlassen. Als Reiner mich abholt, möchte ich sofort in das Kinderkrankenhaus, wo jetzt mein kleiner Schatz liegt. Aber so einfach geht das nicht, man kann da nicht einfach zu dem Kind kommen, das bestimmen die Schwestern.

Doch so leicht lasse ich mich nicht abwimmeln. Pfiffig wie ich bin, bringe ich den Krankenschwestern Sekt mit. Sie sind dann abgelenkt und freuen sich darüber, sodass ich ungehindert zu meinem Kind kommen kann.

Weil dieser Trick so gut funktioniert, weiß ich, wie ich zukünftig immer problemlos zu meinem Sohn kommen kann.

Endlich habe ich meinen kleinen Schatz im Arm, er hat Hunger und schreit, die Schwester reicht mir eine Nuckelflasche mit meiner Milch. Ein 10 cm langer Schnuller hängt da vorne dran. Ich hatte gehört, dass diese Kinder mit einer Sonde ernährt werden.

Aber was ist denn das jetzt? Und was soll ich mit diesem langen Schnuller anfangen? Der soll in den Rachen geschoben werden, damit die Milch gleich hineinlaufen kann. Aber Raimo hat doch den Saugreflex. Warum muss er ständig würgen? Mir wird schlecht, ich fange an zu weinen, denn er ist sofort müde und hat doch gar nicht genug getrunken. Als sie ihn wickeln und wieder in sein Bettchen legen, kann ich sehen, dass dort mit meinem kleinen Jungen fünf Kinder liegen, die alle mit einem Lippenspalt geboren wurden.

„Wo sind denn die Eltern dieser Kinder?" frage ich die Krankenschwestern. „Die kommen erst gar nicht, diese Kinder sterben sowieso, weil bei ihnen auch noch Herzfehler festgestellt wurden."

Aha, also der Schnuller wird in den Rachen geschoben, dann bekommen die Kinder nicht genug zu trinken und die Folge ist doch: sie verhungern!

Mein Kind verhungert nicht, das wird mir sofort auf dem Weg nach Hause klar, und ich mache mich daran, eine Breithalsflasche zu besorgen mit einem Schnuller, der eine Wölbung hat. Ich drehe die Wölbung nach oben, steche nach unten ein Loch, sterilisiere alles und komme mit meiner abgepumpten Milch im Kinderkrankenhaus wieder an. Wie ein Wunder trinkt mein kleiner Raimo auch sofort. Der Gaumen wird abgedeckt. Ich bin dann ganz glücklich, denn er trinkt gut und ordentlich. Jetzt ist mir klar, mein Kind werde ich auch auf eigene Verantwortung nach Hause holen, denn da geht es ihm gut.

Den Schnuller und die Breithalsflasche habe ich dort gelassen, damit die Schwestern die anderen Kinder gut ernähren können. Mein Kind habe ich aber erst einmal gerettet.

Man sagt: Erzähle nicht, was dein Kind hat. Versteck es und sprich nicht darüber. Es wurde mir ja auch nicht einmal zur Geburt gratuliert. Selbst der Vater von diesem kleinen Jungen ist sich nicht sicher, ob er so ein Kind wirklich großziehen möchte.

Für mich gibt es diese Frage nicht, ich werde darüber sprechen, und ich werde alles für dieses Kind tun, damit es ihm gut geht und versuchen, einen gleichwertigen Jungen aus ihm zu machen.

Er ist so zart und schmächtig, doch durch meine Milch hat er schon ordentlich zugenommen. Wenn ich mit ihm im Kinderwagen fahre, lege ich ihn auf die Schokoladenseite. Natürlich spricht es sich in der kleinen Straße herum. Niemand fragt mich, das stört mich viel mehr. Als ich im Laden einkaufe und mein Kind im Kinderwagen liegt und schläft, haben die Leute ganz dreist den kleinen Jungen einfach umgedreht, um ihn anzuschauen.

Hätten sie mich lieber gefragt, dann wäre es leichter für mich, denn ich möchte darüber reden.

Die Monate vergehen, mein kleiner Schatz wächst und gedeiht. Immer hat er kalte Füße, aber es gibt so viele Möglichkeiten ihn zu wärmen. Mit dem Essen ist es immer etwas schwierig, denn der Brei, den er jetzt essen muss, kommt durch den Spalt im Gaumen aus der Nase heraus.

Da sehe ich in einem Geschäft eine Reiseplastikflasche mit einem Löffel, der vorne an der Flasche angebracht ist. Beim Füttern drehe ich den Löffel herum, und so kann Raimo den Brei mit der Zunge ablecken.

Es macht so viel Spaß mit ihm beim Baden. Weil er ein wenig unter einem Rundrücken leidet, hat mir die Kinderärztin geraten, mit ihm gymnastische Übungen zu machen. Da er sehr leicht und klein ist, geht das wunderbar auf seinem Wickeltisch. Auch kann er uns schon sehr lieb anlächeln.

Seine Entwicklung geht voran. Sein Papa zeigt kein großes Interesse an dem zarten Jungen. Leider ist Reiner sehr mit sich beschäftigt und überlässt gern alle Sorgen mir. Dabei finde ich jeden Abend viele Flaschen Bier und Cognac leergetrunken. Unser Auto muss ich fahren, da Reiner schon bald seinen Führerschein verliert, erwischt mit Alkohol beim Fahren.

Meine Sorgen um den kleinen Raimo sind größer als die Sorgen über meine Ehe.

Plötzlich kommt ein Anruf aus Hamburg. Ich hatte es schon verdrängt, aber es ist mir klar, das muss sein. Mein Kind muss operiert werden.

Es tut richtig weh, mich zur Vernunft zu zwingen, gerade jetzt, da mein Schatz mich so süß und lieb anstrahlt, wenn wir zusammen spielen. Jetzt, wo er die Ärmchen hebt, um auf meinen Arm zu kommen und sogar schon versucht zu stehen.

Aber der Termin steht fest, und so fahren wir gemeinsam nach Hamburg. Meine Tränen kann ich einfach nicht aufhalten. Gerade hatten wir ihn getauft und alles könnte so schön sein.

Seine Patentanten Elisabeth und Ruth gehen auch richtig herzlich mit dem Kleinen um. Ich bin so froh, dass ich die beiden schon vor der Geburt als Patinnen gewinnen konnte. Vielleicht hätte ich jetzt nicht den Mut dazu. Aber so sind alle guten Gedanken, auch von den Großeltern, bei uns.

In Hamburg muss ich meinen Schatz abgeben ohne mitzukommen. Einen kleinen weißen Bären habe ich auch noch dazugelegt, sodass er etwas von uns bei sich hat.

Nun beginnt für mich die schlimmste Phase, die man als Mutter durchstehen muss. Untätig sitze ich jetzt zu Hause und möchte doch so gerne bei meinem Kind sein. Es kann doch nicht richtig sein, dass die Eltern nicht dabei sein dürfen. Jeden Tag darf ich anrufen und fragen, wie es ihm geht. Wenn ich dann höre ‚Ich habe gerade ihren kleinen Schatz auf dem Schoß und füttere ihn. Es geht ihm gut.‘, dann könnte ich platzen, denn ich höre ihn atmen. Er ist mein Kind, ich möchte bei ihm sein. Die längsten sechs Wochen gehen auch vorüber. Mir geht es in dieser Ehe nicht gut. Reiner kann mich nicht trösten, er tröstet sich mehr und mehr mit Alkohol, dadurch findet kein richtiges Eheleben mehr statt und ich frag mich, wie das mit uns weitergehen soll.

Dann kommt aber der erlösende Anruf, wir können unser Kind abholen. Was ziehe ich bloß an, wie begegne ich ihm, wie schaut er jetzt aus? Es hat sich wohl bestimmt viel verändert bei meinem Raimo. Mir wurde berichtet, dass sie Knochen aus der Rippe nehmen mussten, um sie in den Kiefer einzufügen, damit die Zähne einen Halt bekommen. Später soll dann auch noch etwas Knochen von der Hüfte in den Gaumen eingelegt werden. Aber das Zäpfchen und die Lippe haben sie schon geschlossen.

Welch eine Freude, endlich wieder meinem Kind zu begegnen und es dann nach Hause zu holen. Alles Schlimme muss bald vergessen sein.

Ja, und dann sind wir im Krankenhaus, ich strecke die Arme nach meinem Schatz aus, aber er wendet sich ab, auch das noch, er hat mich nicht erkannt. Was war jetzt los? Die Schwestern beruhigen mich, das käme immer wieder vor, weil sie abgegeben wurden. Das nehmen auch so kleine Wesen übel. Das habe ich doch nicht gewollt.

In diesem Moment schwöre ich mir. Das kommt nicht noch einmal vor, ich werde mich nicht mehr wegschicken lassen.

Endlich habe ich meinen kleinen süßen Schatz wieder bei mir. Wir fangen mit allem noch einmal an, mit dem Füttern, ganz vorsichtig den Löffel drehen, damit der Gaumen nicht beschädigt wird. Auch das Lernen, wieder zu lachen und die Ärmchen zu heben, es beginnt alles wieder von vorne. Wenn ich dann meine Freundinnen mit ihren kleinen Kindern treffe, die schon im Kinderwagen sitzen können, die schon aufs Töpfchen steigen, die ersten Worte babbeln, bin ich glücklich zu sagen: „Das kann mein Kind eben noch nicht. Es liegt fest in seinem Kinderwagen und geht noch nicht aufs Töpfchen."

Es ist für mich selbstverständlich, dass ich kein Wettrennen mit meinen Freundinnen vornehmen werde. Die Kinder sind alle im gleichen Alter und wir treffen uns zu gemeinsamen Spaziergängen und zum Spielen mit den Kindern untereinander. Bedingt durch die Einschränkungen ist mein Raimo viel kleiner und zierlicher, ich lasse mich auf keine Eile zum Treffen ein, füttere ihn in langsamen Schritten, es ist alles schwieriger.

Das Verhältnis zwischen mir und meinem Mann ist seit Raimos Geburt total abgekühlt. Es gibt kaum noch Gespräche, geschweige denn Zärtlichkeiten.

Reiner verpasst seine letzte Abschlussprüfung, hat jetzt auch keine Arbeit, und so habe ich beschlossen, eine zweite Ausbildung zu machen, um mein eigenes Geld zu verdienen.

Nach unserem Umzug kann mein kleiner Raimo schon an der Hand laufen und ich muss ihn im Kindergarten anmelden, der dicht an unserer Wohnung in der Plathnerstraße liegt.

Es ist für mich klar, dass mein Kind nicht bei einer Ersatzmutter oder in einem Hort groß werden soll. Viele Operationen sind schon in Vorbereitung, und die möchte ich mit ihm gemeinsam ertragen. Auch sind wir jetzt bei einer Logopädin, um mit Raimo das Sprechen zu üben. Das gefällt ihm nicht, denn er möchte spielen und nicht üben.

In meiner Abendschule für Kosmetik komme ich gut voran, und am Tag gehe ich mit Raimo zum Spielplatz, auf dem die Freundinnen mit ihren Kindern spielen, stricken und Kuchen essen. Für mich ist das Zeit zum Lernen, und das hat sich gelohnt, ich bestehe die Prüfung mit „Sehr gut".
Kleine Räume finde ich sehr schnell, um meine erste Praxis zu eröffnen.

Da Reiner kein Geld mehr ins Haus bringt, muss ich als selbständige Kosmetikerin für unseren Unterhalt aufkommen. Dafür nimmt er es in Kauf, tagsüber auf Raimo aufpassen zu müssen. Meinen kleinen Jungen kann ich jetzt auch in den Kindergarten bringen. Trotz aller Vernunft habe ich immer ein ängstliches Gefühl, wenn ich mein Kindchen dort abgebe. Die ersten Tage bleibe ich bei ihm, aber für meinen Raimo ist dieser Ort ein Vergnügen, er braucht mich dort nicht, denn so ein Versuchskindergarten, in dem die Kinder alles dürfen wozu sie Lust haben, wird von Raimo voll ausgenutzt. Das Essen darf mit den Fingern gegessen werden, wer es nicht mag, kann es auch an die Wand schmieren. Auf die Toilette braucht kein Kind zu gehen, wenn es nicht will, dann dürfen sie wieder in die Hose machen, also vollständig antiautoritär.

Es ist durchaus nicht meine Vorstellung von der Erziehung meines Kindes, und deshalb muss ich zu Hause mit ihm strenger umgehen, was dem kleinen Raimo nicht gefällt.

Mit der Erzieherin des Kindergartens, Doris, freunde ich mich schnell an, teilen wir doch das gleiche Los als alleinstehende Mütter.

Sie erzählt mir, Raimo wirbele alles durcheinander.

Seine Leidenschaft sind die Lokomotiven, was für ihn aber nicht ganz ungefährlich ist. Die Eisenbahn fährt jeden Tag an dem Kindergarten vorbei, und ein so wildes Kind wie Raimo, ist blitzschnell den Hügel hinaufgelaufen, um zu sehen, wie die Eisenbahn funktioniert. Gerade noch kann die Erzieherin ihn davon abhalten auf die Gleise zu steigen. Dieser Schreck fährt mir in die Glieder, und ich muss sehr aufpassen, dass Raimo nicht weitere Versuche unternimmt, um sich in Gefahr zu bringen.

Die Scheidung habe ich eingereicht, da ich ohnehin keine Hilfe mehr bekomme für mich und für Raimo. Reiner ist jetzt vollends dem Alkohol verfallen. Er kümmert sich auch nicht mehr um das Kind. Beruf und Verantwortung muss ich von nun an allein schultern.

Ganz lieb sind meine Schwiegereltern, sie halten zu mir und sagen: „Unser Sohn handelt nicht gut."

Wir werden 1969 geschieden. Viel später erfahre ich durch einen Zufall, dass er bereits 1992 verstorben ist.

Immer wieder diese Rufe: „Raimo nein! Nicht! Vorsichtig! Es ist heiß!"

Die strahlend weiße Küche, im Nu ist sie kunterbunt, überall Farbe, sämtliche Murmeln verteilt, meine Sonnenbrille ins Klo geschmissen, der Autoschlüssel im Wäschekorb verschwunden, die Strümpfe zu den Töpfen gelegt und dann die Lichtschalter an und aus, er ist ein richtiger kleiner Frechdachs und ich muss höllisch aufpassen, dass ich alles wiederfinde. Aber dann gehen wir beide zum Spielplatz, dort lerne ich für meine Prüfung. Die Freundinnen lassen mich deutlich spüren, dass ihre Kinder längst weiter sind als mein kleiner Raimo.

Ich halte meinen Kopf hoch und gehe diesen Weg in langsamen Schritten, denn die nächste OP ist schon wieder angesagt.

Der Gaumen soll geschlossen werden, dazu benötigen die Ärzte Knochenteile aus der Hüfte. Das sind unheimliche Gedanken, die mir Angst machen. Was muss jetzt noch alles an meinem kleinen, unschuldigen Schatz geschnitten werden?

Meine kleine Praxis läuft gut, und ich gehe abends mit Raimo spazieren. Wir singen Laternenlieder und stecken Flyer mit meiner neuen Adresse in alle Briefkästen. Meine Arbeit für Kosmetik, Maniküre und Podologie macht mir viel Spaß. Dadurch sind Patienten auf mich aufmerksam geworden, und ich habe gut zu tun.

Ich möchte, dass Raimo bis zur Einschulung gut sprechen kann. Bei der Logopädin lernen wir, die Luftströme nicht über die Nase, also nicht nasal, sondern in den Gaumenbereich umzuleiten. Es ist für meinen kleinen Sohn sehr ärgerlich, nicht spielen zu dürfen, sondern jeden Tag eine Stunde üben zu müssen. Wieder steht eine Operation für ihn an.

Die OP soll auch helfen den Gaumen zu schließen, deshalb muss sie wohl sein. Meine Arbeit bereite ich so vor, dass alle Patienten noch vorher behandelt werden, denn ich rechne jetzt die Podologie für die Diabetiker über die Krankenkassen ab.

Der Termin für die Operation in Erlangen steht fest. Dr. Kriens aus Hamburg ist jetzt als Professor nach Erlangen gegangen und Raimo soll von dem Arzt operiert werden, der ihn schon kennt. So fahren wir beide mit dem Zug dorthin. Ich habe mir vorgenommen, mich keinen Schritt mehr von meinem süßen kleinen Jungen zu trennen.

Ich habe mir ein Zimmer gemietet, denn auch an dieser Uniklinik ist es verboten, dass die Eltern dabei sind. Dieses Mal bin ich viel wissender, denn mein Kind wird viel schneller gesund, wenn ich bei ihm bin. So beginne ich gleich mit der „Bestechung" der Krankenschwestern mit Sekt, Kuchen und Kaffee, es hat geklappt. Ich darf meinen Raimo bis zum OP begleiten, und als er wieder herauskommt, bin ich dort. Das sind immer bange Stunden, wenn ich auf dem Flur warte, bis mein Kindchen mir übergeben wird.

Da lockt mich kein noch so schöner Urlaub, wenn ich an dem Bettchen bleiben darf, ihn waschen und umziehen und ihm vorsichtig die flüssigen Mahlzeiten mit einer Flasche geben kann.

Auch jetzt liegen hier fünf Kinder mit diesem Schicksal, die Mütter und Väter kommen zum Wochenende, und wenn sie gehen, tröste ich diese Kinder auch. Wie ein Wunder wird Raimo schon frühzeitig nach zehn Tagen entlassen. Meine Idee, die Eltern – insbesondere die Mütter – bei der Therapie unterstützend mit einzubeziehen, hat sich also als wichtig und sinnvoll bestätigt. Gut gelaunt fahren wir beide nach Hause.

Im Zug möchte Raimo gern einmal mit dem Strohhalm trinken üben, denn das war vorher nicht möglich, so üben wir im Zug das Aufsaugen mit einem Strohhalm. Mir fällt auf, wie sehr wir alles schwer erarbeiten müssen, was bei jedem gesunden Kind ganz unkompliziert ist.

Weil meine Mutter auch alles liebevoll begleitet, haben wir eine Reise nach Mallorca geschenkt bekommen. Oh, welche Freude, wir beide fliegen und landen in Cala Ratjada, in einem schönen Hotel mit Swimmingpool und Schokoladengetränken. Es ist alles sehr toll, Raimo lernt schwimmen mit Schwimmflügeln an den Armen und mit Anlauf ins Wasser. Die anderen Kinder springen mit dem Kopf zuerst hinein, das will mein süßer kleiner Schatz jetzt auch, er sieht so wonnig aus, braun gebrannt und blonde Locken, einfach süß.

Heißa, wir ziehen um, große Freude bei Raimo, ein eigenes Zimmer in einer Altbauwohnung an einer großen Straße, mit der Kirche gegenüber und dem Glockengeläut, das ich noch aus meiner Jugend von zu Hause kenne.

Jetzt kann ich die Wohnung mit der Praxis verbinden, die Einrichtung ist schnell fertig, denn ich weiß genau, was ich will: ein Wohn- und ein Schlafzimmer, einen großen Flur als Warteraum und ein Behandlungszimmer zum Unterteilen, ein Balkonzimmer für meinen Raimo, eine kleine Küche und ein kleines Bad.

Es ist einfach wunderschön, hier zu wohnen. In diesem Haus wohnen auch noch drei Kinder im gleichen Alter wie Raimo. Auch diese Mütter sind alleinerziehend, und wir haben uns schnell angefreundet. Leider ist unter den Kindern auch ein übler Junge, der sich bedrohlich aufspielt, worunter besonders Raimo zu leiden hat.

Jetzt muss Raimo zur Einschulung angemeldet werden. Bisher haben wir weiterhin für die Verbesserung von Raimos Sprech- und Sprachvermögen geübt. Es wird immer besser. Sein Onkel, mein Bruder, ist inzwischen selbstständiger Zahnarzt und hat Raimo eine Gaumenplatte angefertigt, mit der er ohne Einschränkung gut sprechen kann. Zur Einschulung sind damit alle Voraussetzungen erfüllt.

Raimo sieht wirklich sehr gepflegt aus: weiße Hose, blauer Pullover, weiße Socken und neue Schuhe. Alle Großeltern und Patentanten sind zur Einschulung angereist, und mit ihm werden auch die drei Kinder Christina, Daniel und das Raubein Bernd in die Klasse von Frau Becker eingeschult.

Die Schulleiterin kommt auf mich zu mit den Worten: „Raimo kann ja nicht deutlich sprechen mit der Hasenscharte. Was hat er denn da überhaupt? Sollte er nicht besser auf eine Sonderschule für Behinderte gehen?"

„Warum habe ich denn mit ihm jeden Tag geübt?", ist meine Antwort. „Es ist keine Hasenscharte, sondern lediglich ein Lippen-Kiefer-Gaumenspalt, der durch die Gaumenplatte behoben ist. Und außerdem sind durch diese Behinderung seine kognitiven Fähigkeiten nicht betroffen. Sollten Sie deshalb versuchen, mein Kind nicht einzuschulen, gehe ich bis zur Bezirksregierung. Wir wollen doch erst sehen, wie weit Raimo sich durchsetzen und lernen kann!"

Ich will mir auf keinen Fall mein Selbstvertrauen vergraulen lassen.

Die Schule macht Spaß, aber Raimo möchte lieber spielen, am liebsten mit den Kindern aus dem Haus. Nur die gehen jetzt zum Fußball, und Raimo ist nicht so sportlich. Da lese ich die Anzeige. „Mitglieder gesucht für Tennis und Hockey."

Ich melde uns sofort an, für mich wieder Tennis, schon früher hatte ich in einer Mannschaft gespielt, darauf freue ich mich sehr. Raimo bekommt einen Hockey-Schläger. Tief in mir hoffe ich, dass er sich jetzt auch besser wehren kann, denn der rüde Bernd zeigt meinem Jungen oft die Kante und fühlt sich sehr überlegen.

Damit sind zwei Fliegen mit einer Klappe geschlagen.

Wir gehen in jeder Freizeit zum Training. Auch ich habe viel Freude und Erfolg beim Tennis spielen. Aber immer wieder bekomme ich zu hören: „Das ist die Mutter mit dem behinderten Kind!" Auch spüre ich deutlich, wie einige aus dem Verein mir zeigen, dass sie sich für etwas Besseres halten.

Inzwischen habe ich gelernt, damit umzugehen. Ich trage den Kopf oben und bin fleißig und stehe zu meinem Kind. Raimo möchte jetzt auch lieber reiten.

Ich habe aber vor, mit ihm zum Schwimmunterricht zu gehen. Auf keinen Fall soll er gegenüber den anderen Kindern irgendwie benachteiligt werden. Für mich steht fest: Auch ein Kind mit dem Lippen-Kiefer-Gaumen-Spalt hat nach vielen Operationen das Recht, in der Gemeinschaft aufgenommen zu werden.

Aber nicht alle denken so. Von der Schule kommt die Mitteilung, dass Raimo eine Förderschule für Legastheniker besuchen soll. Welch ein Hohn, sein Deutsch ist wunderbar, er kann sehr schön schreiben, das haben wir ja auch jahrelang geübt. Was ist aber mit dem Rechnen? Auch ein Versuch in der Schule, den Kindern durch Logik das Rechnen beizubringen, bleibt erfolglos. Leider lernen sie kein Einmaleins, sondern mit Klötzen logisches Rechnen. Da hätten wir beide gern Hilfe gebraucht. Deshalb habe ich diese Kurse für Legastheniker abgesagt. Rechnen ist schließlich sein Problem und dagegen wurde mir keine Hilfe angeboten.

Wir fahren zum Reiten. Raimo macht das sehr gut, und ich lerne mit den Pferden umzugehen, denn für mich ist das Reiten auch etwas Neues. Es laufen sehr viele kleine und junge Kätzchen auf dem Pferdehof herum, für die sich mein Raimo mit Freude interessiert.

Nach unserer Reitstunde bekommt er ein kleines Kätzchen geschenkt. „Bitte Mama, dieses Kätzchen möchte ich gern haben und ich kümmere mich auch ganz allein darum", bettelt mein Sohn. Welche Mutter kann da schon Nein sagen?

Ein Bettchen und eine Toilette für die Mieze sowie das Futter sind schnell besorgt.
Wie niedlich diese Mieze ist, wenn sie schläft, und wenn Raimo aus der Schule kommt, springt sie mit ihm durch die Wohnung. Das geht so weit gut, nur abends möchte sie ausgehen. Da wird ihr Spieltrieb so groß, dass mein Kind nicht schlafen kann, und so hole ich die Mieze ins Wohnzimmer.

Welch ein Vergnügen für sie, so schöne Gardinen, an die man sich hängen kann und schaukeln, bis die Löcher das Kätzchen nicht mehr halten. Die Wolle rollt so schön und wenn die Alte nicht will, dann stöbere ich unter der Wolldecke, bis es ihr zu viel wird.

Dieses Kätzchen macht also viel kaputt und bringt große Unruhe in unsere Gemütlichkeit, bis wir sie abends auf den Balkon sperren, damit jeder wieder zur Ruhe kommt. Dort scheint unsere Mieze auch zufrieden zu sein. Morgens holt Raimo sie wieder in unsere Wohnung zum Fressen und Saufen, und dann schläft sie so brav bis zum Abend. Danach geht das Turnen an meinen Gardinen wieder von vorne los. Sehr viel Sympathie kann ich dieser Mieze nicht entgegenbringen. Dann passiert es: Samstagmorgen springt Raimo auf und will, wie jeden Tag, die Katze vom Balkon befreien, reist an der Balkontür, doch die Tür bewegt sich nicht mehr, oben ist sie ausgehakt und unten noch eingehakt. „Mama!", ruft Raimo, „komm ganz schnell, die Katze schreit und will rein, aber ich bekomme die Tür nicht auf."

„Raimo warte einen Moment, ich ziehe mich eben schnell an und helfe dir." „Aber Mama, du musst schnell kommen!"

Schnell ziehe ich mich an, aber da klingelt auch schon das Telefon. „Hallo, wer spricht da?"

„Hier ist Maria aus dem Bäckerladen bei dir gegenüber, dein Kind läuft an deiner Hauswand entlang, mit einer Katze auf dem Rücken und im Schlafanzug, wir haben schon die Polizei angerufen. Alle Kunden im Laden sind empört, typisch alleinerziehende Mutter, sagen sie, vermutlich kümmert sie sich nicht um ihr Kind." „Danke Maria, ich kümmere mich sofort." Mir ist sofort klar, was passieren könnte. Langsam gehe ich in Raimos Balkonzimmer und kann vor Aufregung meinen Atem hören, es ist mucksmäuschenstill. Das Fenster ist offen und mein Kind ist nicht im Zimmer. Ich darf mir nicht ausmalen, was alles passieren kann. Dann höre ich Raimos Stimme: „Mieze, du bist gleich im Zimmer, gleich bist du gerettet." Es gibt ein Ruck und die Mieze ist drin. Aber wo ist denn jetzt mein Kind? Ich renne zum Fenster, um Schlimmes zu verhindern, doch da kommt schon mein Raimo mit einem Strahlen im Gesicht durch das Fenster wieder zurück. Eigentlich ist er stolz auf seine Leistung. Aber wie verhalte ich mich jetzt, damit er so etwas nicht noch einmal macht? Ich erinnere mich jetzt daran, wie Raimo im Kindergarten den Bahndamm hochgelaufen, um die Lokomotiven anzusehen. Mir ist klar, dass er dabei nur Gutes tun wollte, als er seine Katze gerettet hat. Denn in diesem Alter kann er Gefahren noch nicht richtig einschätzen.

Jetzt aber schnell anziehen, denn ich erzähle ihm, dass die Bäckerfrau Maria die Polizei angerufen hat. „Warum?" fragt Raimo, „ ich habe doch nichts Böses getan?" „Nein, das hast du nicht, aber ein Kind darf nicht an der Hauswand entlanglaufen, es könnte abstürzen und tot sein, das möchte ich doch gar nicht und du bestimmt auch nicht." Jetzt muss ich meinen kleinen Schatz trösten, denn der Gedanke, dass die Polizei kommt, ist für ihn eine schlimme Vorstellung. Und schon klingelt es an der Haustür, ein netter, sehr großer Polizist steht davor. Raimo hat sich erst einmal versteckt, und ich erkläre dem Polizisten, dass die Tür geklemmt hat, dass ich mich anziehen wollte und mein Sohn aber meinte, er müsse die Katze retten. „Dann will ich aber doch einmal mit dem mutigen Retter sprechen", sagte der nette Polizist.

„Raimo, komm bitte, es ist alles gut!", rufe ich ihn, und dann kommt er auch aus seinem Versteck heraus. Der Polizist ist sehr nett und spricht freundlich auf meinen Jungen ein, versucht ihm zu erklären, warum es denn gefährlich ist, an der Hauswand entlangzulaufen und dass er doch auf seine Mutter warten sollte. Welch ein Glück, Raimo ist erleichtert, und uns ist klargeworden, dass wir in der Stadt keine Katze halten können, die es gewohnt ist, draußen herumzustromern. Deshalb bleibt sie von nun an wieder drinnen und hält uns ordentlich auf Trab.

Neulich kommt Raimo aus der Schule und hat sich seinen Zeigefinger so verletzt, dass der Nagel ganz blau ist. Ich will wissen, was passiert ist und erfahre, dass der große Bernd ihm eine Scheibe auf den Finger geworfen hat. Wir kühlen den Finger, und ich klebe ein Pflaster darauf, das tut auch zum Trost immer gut.

Nachmittags fahren wir dann zum Reiten und bringen unsere Mieze wieder zum Reitstall zurück, dort wird sie fröhlich von ihren Geschwistern aufgenommen.

Raimo zeigt allen mutig seinen schlimmen Finger und findet es toll, wenn sie ihn bedauern. Als ich vom Reiten zurückkomme, spüre ich die bösen Blicke, als die Reitlehrer und Mitarbeiter auf mich zukommen und mich fragen, was für eine grausame Mutter ich sei.

Da sitze ich sprachlos auf einem Stein und verstehe die Welt nicht mehr. Nun muss ich erfahren, dass mein kleiner Raimo, der sich versteckt hält, erzählt hat, seine Mutter reiße ihm immer die Nägel aus den Fingern, um ihn zu bestrafen, und darum habe er jetzt ein Pflaster drauf.

Auf der Heimfahrt ist Stille zwischen uns, und ich überlege, warum mein von mir so geliebter Schatz, für den ich alles geben möchte, auf solche Gedanken kommt und mich in so eine Lage bringt.

Vor dem Zubettgehen beten wir. Aber erst frage ich ihn, warum er so etwas gesagt hat. Da er von selbst schuldbewusst ist, ist für mich das Thema vorerst vergessen, dennoch erkläre ich ihm, wie gefährlich so eine Behauptung werden könnte. Wir nehmen uns in den Arm, und alles ist wieder gut.

Die nächste Operation ist wieder angesagt. Der Arzt, der meinen Raimo von Anfang an betreut und operiert hat, war erst in Hamburg, dann in Erlangen, und jetzt hat Dr. Kriens eine Professur in Bremen. Dort hält er auch Vorträge über Lippen-Kiefer-Gaumen-Spalte-Operationen und Nachkorrekturen. Wir haben großes Vertrauen zu ihm und wollen den Gaumen von Raimo schließen lassen. Noch immer kommen Speisereste aus der Nase, das ist unangenehm und auch lästig. In der Schule gibt es einige Mitschüler, die nicht mehr neben ihm sitzen möchten, weil der Geruch unangenehm ist. Auch das noch! Wir gehen zu mehreren Ärzten, die uns nicht helfen können. So gebe ich ihm Chinaöl zum Ausschnauben, um den Geruch wegzubekommen. Plötzlich ist die Nase frei. Ein großes Stück ist herausgekommen, das war der Übeltäter für den Geruch. Die Operation, die Dr. Kriens dann vornehmen wird, kann das verhindern. Der Gaumen soll von der rechten Seite auf die linke Seite gelegt werden. Das bedeutet, viele Wochen nicht richtig kauen zu können und auch Schmerzen im Mundbereich. Aber der Termin wird bis zu den Ferien verschoben.

Jetzt ist erst einmal eine Reise zu seiner Oma nach Gifhorn geplant. Immer wieder kommt die Frage auf: „Habe ich denn keinen Papa?" „Natürlich hast du einen Papa, er wohnt in einer anderen Straße, und wenn du ihn sehen möchtest, dann rufen wir ihn an." Aber es stimmt meinen kleinen Jungen sehr traurig, der Vater verspricht sich zu melden, was er aber nicht tut.

Da ist es viel schöner bei seiner Großmutter, sie kümmert sich liebevoll um den Enkel und hat viel Zeit und auch die Ruhe, seine Sorgen anzuhören. Ich muss mich weiterbilden und ab und zu zu einem Lehrgang fahren, dann freut sich Raimo auf seine Oma. Es ist Sommer. In der gleichen Straße wohnt auch Raimos Onkel mit seiner Familie. Die vier Kinder sind in Raimos Alter.
Mein Bruder und seine Familie holen Raimo bei der Oma ab und nehmen ihn mit zum Baden. Welch eine Freude, die Rutsche hoch und wieder runter, jeder will der Erste sein. Die Eltern schauen vergnügt zu, als sie plötzlich sehen, dass Raimo im Stehen die Rutsche herunterrutscht, abrutscht und mit dem Hinterkopf aufschlägt. Schnell springt mein Bruder ins Wasser und rettet ihn. Er ist ohnmächtig, meine Schwägerin hat schon den Rettungswagen gerufen, und Raimo kommt ins Krankenhaus.

Am Abend komme ich zu Hause an, fahre gleich weiter nach Gifhorn, um mein Kind abzuholen. Noch habe ich ein gutes Gefühl, auf dem Lehrgang viel gelernt und jetzt die Freude auf mein Kind. Wie es ihm wohl ergangen ist? Ich freue mich riesig, denn so drei Tage von meinem Schatz getrennt, ist schon eine lange Zeit. Der Termin zur nächsten OP ist noch in weiter Ferne. Ich fahre also gleich zu meinem Bruder und rufe nach Raimo, er hat sich wohl versteckt. Ich schaue mich um, mein Bruder schweigt. Meine Schwägerin kommt weinend auf mich zu und erzählt mir die Geschichte. Ich rufe gleich im Krankenhaus an. Die Nachtschwester ist verständnisvoll und rät mir, am nächsten Tag zu kommen. Raimo gehe es gut und er schlafe jetzt fest, wir sollten ihn nicht wecken.

Also fahre ich sehr traurig nach Hannover. Zwischendurch muss ich anhalten, um meine Sorgen, die nicht enden wollen, mit meinen Tränen zu ersticken.

Es ist wieder so ein Versuch von Raimo, etwas auszuprobieren, ohne zu überlegen, was da passieren kann. Wie oft bin ich schon bei meinem Kind im Krankenhaus gewesen, wie viele Tränen habe ich schon vergossen, und warum gerade ich, alles im Alleingang?

Gerne möchte ich meine Gedanken und Gefühle einem Menschen mitteilen, aber da ist kein Mann und kein Freund, der sich meine Sorgen anhören möchte oder der mir helfen kann. Meine Geschwister stehen zwar an meiner Seite, meine Schwester hat einen wunderbaren Mann und drei Kinder, mein älterer Bruder steht mir sehr lieb bei, hat vier Kinder, und der jüngere Bruder lebt weit entfernt mit zwei Kindern. Alle hören mir zu, aber jeder hat seine eigenen Sorgen.

Am nächsten Tag muss ich erst einmal meine Patienten umbestellen und dann mit schwerem Herzen wieder nach Gifhorn zu meinem Schatz. Unterwegs laufen immer wieder die Tränen, die ich nicht zurückhalten kann. Aber endlich erreiche ich das Krankenhaus. Mein Herz höre ich vor Angst schlagen. Was ist jetzt wohl mit meinem Kind?

Das Kinderzimmer ist auf dem hinteren Flur, eine Schwester zeigt mir den Weg, meine Knie zittern und ich laufe, um schnell zu meinem Kind zu kommen. Ohne anzuhalten, gehe ich gleich durch, an allen Schwestern vorbei.

Dort sitzt Raimo lachend in einem Bettchen, mir laufen die Tränen herunter und mein Schatz fragt: „Mama, warum weinst du denn?" „Na ja, weil es dir doch schlecht geht." Aber ich beruhige mich schon wieder. Der Oberarzt kommt herein und erzählt mir, dass es eine kleine Gehirnerschütterung sei, kein Knochenbruch. Ich könne ihn nächste Woche wieder mitnehmen. Aber ich hatte doch vom Chefarzt gehört, dass es ist ein Schädelbruch sei. Was soll ich nun machen? Auf der einen Seite ist Raimo ganz fidel und fröhlich, auf der anderen Seite möchte ich gern wissen, was jetzt wirklich mit ihm geschehen soll.

Meine Mutter, die sich selbst Vorwürfe macht, nicht genug aufgepasst zu haben, hat eine gute Idee. Raimo soll auf jeden Fall nach Hannover kommen, damit ich jeden Tag zu ihm gehen und in meiner Praxis weiter behandeln kann.

Ein Kinderarzt im Kinderkrankenhaus ist auch ein Vater, der seine Tochter in Raimos Klasse hat. Ihn rufe ich an, er ist sehr verständnisvoll und nett. So wird Raimo im Liegen mit einem Krankentransport nach Hannover gebracht und von seiner Oma begleitet. Aufgrund der Gehirnerschütterung ist noch vier Tage Ruhe verordnet.

Die Ferien beginnen, wir beide machen endlich ein wenig Urlaub und fahren auf einem Schiff nach Finnland. Zusammen ist immer alles sehr schön, dann habe ich viel Zeit für meinen Schatz.

In Finnland liegt noch Schnee. Ein Arzt, der dort auch als Skilehrer arbeitet, kümmert sich um uns und läuft mit uns Langlaufski. Raimo verliert sämtliche Angst und ist schnell viel besser als ich. Den Berg hinauf ist es leicht, aber abwärts wird es für mich schwerer, denn ich habe noch nie auf Skiern gestanden. Da lacht mich mein Sohn aus, er ist schnell wieder unten, während ich mich anstelle und mich ängstlich auch immer wieder in den Schnee setze und so fast im Sitzen unten ankomme. Ja, und abends wird am Kamin gegessen, ganz wunderbare Lachssuppe und herrliches Essen, auch für Raimo.

Danach wird gesungen. Wir haben ein wunderschönes großes Zimmer und dadurch, dass Raimo als einziges Kind auf dieser Reise dabei ist, wird er von allen verwöhnt. Zurück müssen wir mit einer langen Zugreise rechnen, das Schiff fährt nicht weiter. Es sind endlose Stunden, die wir mit vielen schönen Spielen überbrücken, zwischendurch schläft mein Liebling in meinen Armen ein.

Zurück in Hannover möchte Raimo wieder Ski laufen. Da gibt es über unseren Tennisverein ein Angebot eines Sportgeschäftes, sonntags zum Skilaufen in den Harz zu fahren. Raimo bekommt einen wunderschönen gelben Ski-Anzug, eigene Skier und Stiefel. Er sieht jetzt sehr süß aus, denn ohne gutes Sportzeug könne man auch nicht richtig Sport treiben, meint mein kleiner Sohn.

Auch ich kleide mich sportlich ein, und dann werden meine Freundinnen mit ihren Kindern motiviert, in den Harz mitzufahren. In der Gemeinschaft macht alles mehr Spaß.

Abends bereiten wir dann diese Sonntage vor mit Kartoffelsalat, Würstchen und Frikadellen. Morgens um 5:00 Uhr fährt der Bus ab.

Es ist noch dunkel und alles schläft, aber die Kinder sind so aufgeregt, dass ihnen das frühe Aufstehen nichts ausmacht. Wir kommen gegen 9:00 Uhr im Harz an, die Sonne lacht, und der Schnee blendet unsere noch müden Augen, Raimo geht in eine Kindergruppe mit den Freunden aus Hannover. Es liegt genug Schnee, und wir haben alle viel Spaß. Mittags hat der Bus geöffnet, sodass wir unseren warmen Tee und unser mitgebrachtes Essen einnehmen können. Mit viel Lärm geht es weiter, bis der Bus mit einer Horde müder Kinder und Eltern nach Hause fährt.

Raimo ist jetzt neun Jahre alt, und es steht seit längerem die OP in Bremen an. Nach dem tragischen Unfall in Gifhorn wollen wir uns etwas Zeit lassen, denn zu viele Schulausfälle möchten wir vermeiden. Mein armer Sohn, wieder muss

Raimo seine hoffentlich letzte Operation überstehen, während alle anderen in den Ferien sind.

Dann fahren wir nach Bremen. Auf dem Weg dorthin üben wir das Einmaleins. Mit der Mengenlehre in der Versuchsklasse ist er nicht zurechtgekommen.

Es fehlen ihm nach wie vor die Grundkenntnisse in den Grundrechenarten. Wir müssen viel üben, was ihm aber nicht gefällt.

In Deutsch, auch dank der Hilfe einer großartigen Logopädin, macht er sich gut und schreibt auch schöne Briefe.

Die Operation ist inzwischen vorbereitet, und wieder nehme ich mir ein Zimmer, „besteche" die Schwestern mit Sekt und Kuchen, um meinem Raimo auf diesem Weg beizustehen.

Dr. Kriens kümmert sich selber um mein Kind, und so glauben wir auch, dass Raimo schnell wieder gesund wird.

Dieses Mal ist es anders, der Arzt will bei diesem Eingriff auch die Nase mit korrigieren, also nicht nur den Gaumen, sondern auch die Nasenscheidewand operieren. Vom Gedanken her mag das richtig sein. Aber Raimo hat selbst entschieden, dass er die Nase jetzt noch nicht korrigieren lassen will, weil er Angst vor dem langen Heilungsprozess hat. Ganz schnell möchte Raimo nach Hause. Ich bereite inzwischen alles vor, damit Raimo nach der OP zu Hause gut weiter betreut werden kann.

Die Freunde und Klassenkameraden treffe ich auf der Treppe, sie fragen mich nach Raimo. Spontan lade ich Christiane, Bernd und Daniel zu einem Schokoladenessen ein. Alle kommen und ich frage die drei: „Wart ihr denn schon einmal im Krankenhaus?" Das können alle nur mit Nein beantworten. Dann erzähle ich ihnen, wie es Raimo ergeht, und dabei biete ich auch auf die Schokolade und ihren Kakao an, das sollten sie alle genießen.

„Wisst ihr, dass Raimos Nase und Kiefer operativ geöffnet, verändert und wieder geschlossen werden?"

Ich male das in dunklen Farben aus, weil ich hoffe, dass der starke Bernd in Zukunft meinem Raimo in der Schule beistehen und ihn nicht mehr angreifen wird.

Dann erzähle ich weiter, dass Raimo mit den Händen ans Bett gefesselt wird, damit er nicht in sein Gesicht greifen kann. Zu essen gibt es nur geschleimten Brei, davor kann sich Raimo nur schütteln. Das können sich die Kinder nicht vorstellen, und die Schokolade schmeckt nun auch nicht mehr so gut. Beim Abschied gebe ich dem starken Bernd den Wunsch mit auf den Weg, sich ein bisschen um Raimo zu kümmern und aufzupassen, dass ihn keiner mehr angreift. Das wird mir auch versprochen. Ich glaube, das war ein guter Schachzug von mir.

Raimo kommt schneller als erwartet nach Hause, und ich verwöhne meinen Jungen, der ja wirklich wieder sehr leiden musste. Mit meiner Fürsorge und gutem, leicht püriertem Essen wird er bald gesund.

Jetzt kann er schon mit dem Strohhalm trinken, was vor der OP nicht möglich war.

Aus seinem Zimmer höre ich immer wieder sein Flöten und Pfeifen.

Man muss sich einmal vorstellen, was alles mit einem Loch im Gaumen nicht machbar ist.

Die Schule beginnt, aber Raimo hat sehr viele Stunden versäumt und muss nun ein halbes Schuljahr nachholen.

Jetzt hat er seine Lehrerin, Frau Becker wieder, die ihn sehr mag und sich für Raimos Stimmbildung einsetzt. Nun wird alles gut.

Mein Kind wird größer und kommt bald zur Gesamtschule. Es ist wieder einmal ein Angehen, denn die Schule, die für Raimo hilfreich wäre, liegt am Mühlenberg, außerhalb von Hannover. Das ist eine weite Strecke jeden Tag zu fahren. Inzwischen habe ich ein kleines Auto, einen gelben VW-Käfer mit schwarzen Ledersitzen, das ist unser Stolz.

Es macht mir nicht viel aus, Raimo jeden Tag zur Schule zu bringen. Dort bekommt er Mittagessen, und die Schularbeiten werden auch da gemacht. In dieser Schule gibt es die Möglichkeit mit Hilfe einer Logopädin die Aussprache zu verbessern.

Um mein Kind in dieser Schule anmelden zu können, muss ich auf dem Mühlenberg meinen zweiten Wohnsitz anmelden. Was tut man nicht alles, um seinem Kind einen guten Weg zu ebnen.

Als Fremdsprachen werden Englisch, Französisch und Russisch angeboten.

Da Raimo aber Pastor werden möchte, benötigt er dazu Latein. Am Ende des Schuljahres wird die Umschulung in eine andere Gesamtschule vorgenommen, wo er Latein und Englisch hat.

Einen neuen Partner habe ich bisher noch nicht gefunden.

Ich habe mich entschieden allein zu bleiben. Alle Freunde, die ich über den Tennisverein oder vom Tanzen her kenne, wollen Raimo ins Internat stecken und mit mir allein leben. Ich bin jung und sportlich, schlank, blond und begehrt. Meine Antwort lautet jedes Mal: „Geh nach Hause, ich bleibe mit meinem Kind zusammen!" Es ist wirklich nicht leicht, ich bin jetzt fünfunddreißig Jahre alt und lebe seit zehn Jahren ohne Partner. Ich arbeite selbstständig, treffe Freunde und Freundinnen zu netten Gesprächen, ich bleibe aber allein.

Meine Gedanken gehen in die Zukunft, und ich hoffe, dass Raimo ein großer und hübscher junger Mann wird und ich dann auch noch einen Partner finden werde, der mich mag.

Es ist Sommer, Raimo ist im Landschulheim und ich bin fleißig, da klingelt das Telefon. Meine Cousine ruft an: „Hallo Beate, wir feiern auf dem Schützenplatz den Geburtstag von deinem Cousin. Bitte komm doch auch, wir haben als Tischherrn einen Rechtsanwalt, der in Hannover eine Frau sucht." Ich überlege einen Moment, finde die Idee gut, ziehe mich nett an und fahre mit dem Auto zum Schützenplatz.

Im „Ochsen", so heißt das Lokal, wollen wir uns treffen. Merkwürdig, alle Freunde, die sich für mich interessieren, begegnen mir auf dem Weg dorthin. Sie wären gerne mit mir hier zusammen. Das macht mich sehr stolz.

So gehe ich zu meinem Lieblingscousin, gratuliere ihm und setze mich an den großen Tisch. Wir trinken Lüttje Lage (ein typisches Getränk auf dem Hannoverschen Schützenfest). Der Abend beginnt lustig zu werden. Wir fahren Karussell, essen Fischbrötchen und mit viel Bier und Korn geht es vergnügt weiter.

Na ja, der Jurist, ein großer, schlaksiger, noch jungenhafter Mann. Wir klönen und haben Spaß, er ist aber nicht mein Typ.

Rolf

Nun möchte ich überhaupt keinen Freund mehr. Doch da schreibt mir das Schicksal meine LOVE-STORY.

Jeder Schütze und Besucher sollte den „Ochsen" mindestens einmal aufsuchen. Es ist dort wie auf dem Oktoberfest, fröhliche Schrammelmusik, viel Bier und Brezeln. Im „Ochsen" kann man sich gut in großen Gruppen treffen, weil es da lange Tische gibt. So sitze ich jetzt auf dieser Bank neben dem Rechtsanwalt, der mir von meiner Cousine so warm empfohlen wurde. Er redet auf mich ein, sucht eine Frau möglichst ohne Kind, denn er will selbst noch eigene Kinder haben. Beim Zuhören und Anschauen fällt mir auf, dass er kaum lächelt und auch sonst überhaupt nicht zu mir passen würde. Ich höre aber geduldig zu und bin ja sowieso nicht bereit, wieder zu heiraten.

Ich bin zwar mit erst fünfunddreißig Jahren noch jung, attraktiv und begehrenswert, aber im Moment kommt kein Mann für mich in Frage. Ich will nur für meinen Schatz da sein.

Wir trinken Bier und Lüttje Lage, essen Brezeln, singen und schunkeln, als plötzlich etwas Ungewöhnliches geschieht: Mein Blick schaut in wunderschöne Augen, was ist denn bloß mit mir geschehen? Diese Augen sind weit von mir entfernt und doch spüre ich etwas Merkwürdiges.

Ich fange an zu schwitzen. Was ist denn jetzt los? Um mich herum verschwindet alles, ich muss immer wieder in diese Augen schauen.

Dieser Mann ist weit von mir entfernt und doch so nah. Er geht nach rechts und nach links, stets mit dem Blick zu mir. Mir ist heiß, und ich höre die Stimme von dem Rechtsanwalt: „Wo bist du eigentlich? Wo schaust du hin?"

Jetzt werde ich wieder an meinen Platz gerufen, der Rechtsanwalt schenkt mir eine Rose, aber ich bin abwesend, kann nicht glauben, was mir eben geschehen ist. Ich halte mich für eine realistisch denkende Frau und träume nicht. Nun sind die Augen nicht mehr da, und so feiern wir bis in die Nacht hinein, erst gegen Morgen kommen wir aus dem Zelt. Draußen ist es dunkel, die Lichter der Buden und Zelte sind schon erloschen, wir verabschieden uns vom Gastgeber. Ich frage den Rechtsanwalt: „Wo musst du denn lang gehen? Ich finde hier nicht den Weg."

Ohne eine Antwort geht er weiter und lässt mich allein stehen, was ich sehr ungalant finde und bislang auch nicht gewohnt bin.

So stapfe ich suchend zum Ausgang, allein gelassen und traurig, als plötzlich vor einer dunklen Bude wieder dieser Mann steht. Oh, diese Augen, ich gehe vorbei und spüre, wie die Augen mich verfolgen. Da ist das Gefühl wieder, ich fange an zu schwitzen. Was ist los? Beherzt gehe ich ein paar Schritte zurück und komme diesen wunderschönen Augen näher. Auch ein hübsches Gesicht freut sich, dass ich zurückgekommen bin.

Ich frage: „Kennen wir uns?" „ Ja, singen Sie im Chor?", erwidert eine traumhaft schöne Stimme. „Nein, ich wohne nur neben der Musikhochschule, und dort gehe ich auch manchmal in den Wald. Vielleicht sind wir uns schon einmal begegnet." Obwohl ich eigentlich nie Zeit hatte, dort spazieren zu gehen, bin ich sicher, diesen Mann schon einmal gesehen zu haben.

Es muss so gewesen sein. Es durchfährt mich, wenn er mich anschaut. Obwohl es völlig dunkel ist, kann ich sein hübsches, gleichmäßig geschnittenes Gesicht sehen. Irgendetwas ist geschehen, ich kann es nicht beschreiben. Mir ist warm und ich bin nervös. Warum so spät hier? Hat er vielleicht auf mich gewartet? Diese Augen, die mich schon vorher verfolgt haben!

Da fragt er mich: „Wollen wir noch etwas trinken?" „Oh ja, gern, aber nicht mehr jetzt", ist meine Antwort. Es wird bald hell, und ich habe Angst, nun einen Fehler zu machen. „Kann ich Sie anrufen?", lässt der hübsche Herr nicht locker. „Gern", antworte ich, „mein Name ist Beate Licht, ich muss jetzt nach Hause."

Aus Erfahrung weiß ich, dass ich mit so viel Alkohol, den ich schon getrunken habe, immer lockerer werde und dieses Mal möchte ich keinen Fehler machen. Ich muss erst einmal meine Gedanken und Gefühle ordnen, ich bin ganz durcheinander. Was ist denn bloß los gewesen? Augen, Blicke, Schweiß, nervös und viele Fragen.

„Beate Licht?" kommt die Frage vorsichtig beim Fortgehen. „Ja, es gibt in Hannover nur eine Beate Licht, tschüss!", rufe ich noch hinterher. Und dann ganz schnell nach Hause.

Die vorsichtige Frage „Beate Licht?" klingt in mir noch nach. Ich bin sicher, dass ich noch angerufen werde.

So liege ich jetzt in meinem Bett und kann nicht einschlafen, immer in der Hoffnung, dass dieser Zauber anhält. Ein Traummann, der mich doch bitte jetzt anrufen und aus meiner Einsamkeit erlösen möchte.

Aber es geschieht einfach nichts, mein Kind kommt aus dem Landschulheim zurück, meine Praxis läuft wie gewohnt. Ich bin zufrieden, an diesem Abend auf dem Schützenfest keinen Fehler gemacht zu haben, denn sonst würde ich mir die Schuld für diese Zurückhaltung zuschreiben. Wie oft habe ich schon auf einen Anruf gewartet und gehofft, es könnte meinem Leben eine Wende bringen, wenn einmal der Richtige kommt. Viele Freunde, Tenniskameraden oder Freunde vom Reiten gibt es, die sich mit mir treffen wollen. Sobald aber Raimo ins Gespräch kommt und ein Treffen verabredet wird, lassen sie mich sofort die Vorurteile gegenüber meinem Kind spüren.

Dann ziehe ich mich zurück. Ich war auch oft nur die Mutter mit dem behinderten Kind, selten einmal die Beate Licht. Und zu den Bällen des Vereins wurde ich quasi gar nicht erst eingeladen, weil ich ja keinen Partner zum Partnertausch hatte.

Und die Herren, die gern zu mir zu einem Herrenbesuch kamen, machten keinen Hehl daraus, dass sie mich zwar wollten, aber Raimo sollte ins Heim. Da habe ich sie gleich rauskomplimentiert.

Meine Mutter liebt als Großmutter meinen kleinen Liebling ganz besonders, und in den Ferien freut sie sich, wenn sie nicht allein verreisen muss. Sie nimmt Raimo mit, und er lässt sich auch gern einmal verwöhnen, dann darf er mit dem Hund spazieren gehen. Dort kann er so viel schwimmen wie er will. Zum Essen hat er die große Auswahl, und Großmutter lässt alles durchgehen, was sich mein Raimo wünscht.

Am Abend, wenn die Praxis geschlossen ist, stehe ich oft am Fenster und sehe Paare Arm in Arm spazieren gehen. Das stimmt mich traurig, denn ich bin nicht dabei. Die Antwort auf das Warum habe ich längst gegeben.

Ich habe ein Kind, das meine ganze Fürsorge und Liebe erhalten soll, der Baum, den ich mit Liebe umhege, damit es ein großer Baum wird.

Da stehe ich an meinem Bügeltisch, die Abendsonne strahlt in mein Zimmer. Das Telefon klingelt, ich höre eine wunderbare Stimme: „Guten Tag, hier ist Rolf Schlegel, wissen Sie noch, wer ich bin?"

Da ist wieder dieses Gefühl, ich setze mich auf den Fußboden, fange an zu schwitzen, aber ich weiß: Das ist der Anruf, auf den ich sehnlichst gewartet habe.
„Ja, ich weiß, wer Sie sind."

Meine Gedanken gehen sofort zum Schützenplatz. „Ich muss Ihnen sagen, dass ich auf einer Konzertreise war und mich deshalb nicht melden konnte."

Natürlich höre ich gespannt zu, bin hilflos in diese Stimme verliebt, so weich und harmonisch klingt es in meinem Ohr. Um mich herum versinkt die Welt, als die Stimme weiter sagt: „Ich möchte Sie gern zu einem Essen einladen. Haben Sie Lust? Es gibt ein Lokal in Ihrer Nähe, die Altdeutsche Bierstube."

Eine Einladung zum Essen, mir ist, als spielten alle Himmelsgeigen, um mich herum dreht sich alles.

„Aber ich bin ein wenig behindert, stört Sie das?" fragt mich diese Stimme, „Nein, niemals, ich habe ein Kind mit einer Behinderung. Ich selbst helfe gern anderen schwachen Menschen."

Die Gedanken streifen durch meinen Kopf, wie sieht dieser Herr denn bloß aus? Ich kann mich kaum erinnern, wie alt mag er sein? Schöne Augen, die mich verfolgt haben.

„Ich muss Ihnen noch etwas sagen, ich bin ein älterer Herr. Kommen Sie dennoch?"

„Ja, sehr gern. Dann bis 19 Uhr in der Altdeutschen Bierstube. Danke für die Einladung. Tschüss."

Ich sitze auf dem Fußboden und versuche Klarheit in meine Gefühle zu bringen.

Diese warmherzige Stimme, die Einladung zu einem Essen, es ist so schön. Aber er ist viel älter, was bedeutet das für mich? Was ziehe ich jetzt an, und wie begegne ich dieser wunderbaren Stimme.

Aber wenn er sehr viel älter ist als ich es bin, dann möchte ich keinem Mann Illusionen vermitteln. Gut, denke ich, dann gehe ich eben nicht hin!

Ich bügele weiter und bleibe, oder sollte ich doch gehen? Nein, ein alter Mann für mein Kind, ich gehe nicht, vielleicht ist er so 70 Jahre alt, wie sah er denn bloß aus, ich kann mich nicht mehr erinnern! Dann entscheide ich mich doch zu gehen, es ist schon weit über die Zeit, ich ziehe einen süßen weißen Rock, eine hellblaue Bluse und Sommerschuhe an. Ja, ich finde mich hübsch, und dann los!

Das ist ja praktisch, das Lokal liegt gerade bei mir um die Ecke. Als ich dort hineingehe, falle ich beinahe in Ohnmacht. Da sitzt er, ein bildschöner Herr, mit graumelierten Haaren, hellblaues Hemd, die Ärmel hochgekrempelt, braungebrannt, einfach ein Traummann. Alle Zweifel sind sofort beiseite geschoben. Der kann noch so alt sein, ich bin ihm schon verfallen. Ein Herr mit guten Manieren, gepflegt und höflich, fragt mich, ob ich als Aperitif einen Sherry wünsche und was ich danach essen möchte. Ich kann mich nicht entscheiden, bin wie gelähmt. Was ist in diesem Moment geschehen?

Dieser Abend gehört uns. Wir haben uns viel zu erzählen. Sein Name ist Rudolf, aber für mich heißt er nur Rolf.

Humorvoll und gut gelaunt erzählt mir Rolf, dass er schon so einiges über mich in Erfahrung gebracht habe.

Es überrascht mich überhaupt nicht mehr, weil meine Entscheidung gefallen ist. Dieser Mann oder keiner.

Seit einigen Tagen werde ich beobachtet von ihm, wie ich mich in einem weißen Kittel in meiner Praxis bewege, erzählt er mir, gleichzeitig erfahre ich, dass er Frau Becker gut kennt und sie auch nach mir ausgefragt habe.

Rolf spielt Kontrabass und hat an der Musikhochschule eine Professur, der Präsident von der Musikhochschule in Hannover ist Prof. Becker, und seine Frau ist die Lehrerin von Raimo. Sie kennt mich also sehr gut und sie singt im Chor.

Sie bewundert sehr den Rolf und hat ihm berichtet, Raimo der Sohn von Beate Licht, gehe in ihre Klasse und werde liebevoll betreut von seiner Mutter.

Auch hatte Rolf schon erfahren, dass ich aus einer Zahnarztfamilie komme und selbst sehr fleißig sei.

Viele Fragen haben wir gegenseitig an diesem Abend geklärt. So stellt sich heraus, dass wir beide gern Tennis spielen und das Rolfs Schwestern in meinem Alter sind.

Rolf ist sechzehn Jahre älter als ich, damit habe ich gar kein Problem. Als der Wirt von der Altdeutschen Bierstube uns morgens um zwei Uhr gebeten hat, doch nach Hause zu gehen, habe ich festgestellt, dass ich gar nichts gegessen hatte. Rolf nimmt mich beim Aufstehen in die Arme und sagt: „Ich möchte dich heiraten."

Ich schwebe auf Wolke 7. Gleich am ersten Abend habe ich einen Heiratsantrag erhalten.

Da ist er nun, der Mann meiner Träume, und ich erzähle ihm noch viel von Raimo, meinem Sohn, und den Problemen durch die vielen Operationen und seinem Weg ohne Vater. Alles ist doppelt erschwert, weil ein männlicher Elternteil bei der Führung eines Kindes doch auch wichtig ist.

Rolf ist sofort bereit, mein Kind als das seine anzunehmen.

Als dann Raimo aus den Ferien zurückkommt, erzähle ich ihm, wie glücklich ich bin und er freut sich sehr darüber, dass nun auch für ihn neues Leben beginnt.

Abends kommt Rolf von der Probe zu uns, Raimo liegt schon im Bett, da setzt sich sein neuer Papa auf sein Bettchen und erzählt ihm, dass er sein Vater werden möchte und er alle Freuden und Sorgen mit uns teilen will. Auch als Vater möchte er für ihn und seine Mutti sorgen. Es muss keiner mehr auf den Pfennig schauen, Mama muss nicht mehr arbeiten, kann ganz für die beiden Männer da sein. An diesem Abend schläft mein Raimo besonders schnell ein. Große Freude am nächsten Morgen: „Mama, jetzt habe ich auch endlich einen Papa, und wir können verreisen. Ich werde gleich Frau Becker, meiner Lehrerin, erzählen, dass wir heiraten."

Raimo geht in seine Schule und ist schon sehr aufgeregt, denn diese Neuigkeit muss er doch seiner Lehrerin berichten. „Frau Becker", ruft Raimo durch die Klasse. „Ja mein Raimo, was gibt es denn so Wichtiges zu erzählen?", fragt Frau Becker, „ Stellen Sie sich vor, wir heiraten wieder!" „Und wie heißt du denn dann?" fragt Frau Becker. „Es ist Rolf Schlegel, und er spielt ein großes Instrument", ergänzt Raimo noch, dann stellt er sich hin und zeigt, wie ein Kontrabass gestrichen wird. Frau Becker ahnt jetzt schon, warum dieser wunderbare Rolf Schlegel auf der Bank vor der Kirche gessessen hat, in die Fenster gegenüber geschaut und sie gefragt hat, wer diese Beate Licht sei.

Jetzt hat sie erfahren, dass es eine traumhafte Verbindung zwischen diesem netten Herrn und dieser liebreizenden Mutter mit dem Kind gibt.

Mittags kommt Frau Becker in meine Praxis mit einem Blumenstrauß und gratuliert mir zur Verlobung. Dabei erfahre ich auch, dass alle Frauen aus dem Chor verliebt sind in diesen Junggesellen Rolf Schlegel und sie ihn als wunderbaren Kontrabassisten bewundern.

Es macht mich ein wenig stolz, und ich sende ein Dankeschön an den lieben Gott. Wie oft habe ich gebetet, dass es mir auch einmal gut gehen könnte.

Ob es wohl auch ein großes Fest gibt zur Hochzeit? Viele Fragen hat mein kleiner Schatz und die Freude in meiner Familie ist auch sehr groß.

Am nächsten Tag werden wir eingeladen von meinen Eltern. Welch eine Freude, es ist wie ein Wunder. Alle in meiner Familie haben einen Doktor-Titel und jetzt komme ich mit einem angehenden Professor.
Meine Mutter war Opernsängerin und ist eine talentierte Klavierspielerin. Die Frau von meinem Bruder ist auch Musikerin. Mein Vater ist unglaublich glücklich, die Familie von Rolf ist auch schon gespannt.

Rolf wird von meiner Familie sehr wohlwollend aufgenommen. Damit er mich seinen Eltern vorstellen kann, müssen wir nach Lübeck reisen. Sie sind schon hochbetagt.

Die Eltern von Rolf sind sehr gespannt auf die Frau seiner Wahl. Er hat nämlich seinen Eltern erzählt, ich sei eine Frau mit dem Herzen auf dem rechten Fleck, blond, hübsch und liebevoll mit einem Sohn, der viel Liebe von einem Vater brauche.

Als sie mich dann kennenlernen, sind sie überglücklich, endlich auch eine liebenswerte Frau an seiner Seite zu wissen. Eine, die durch ihren Beruf gefestigt ist und gut zu ihm passt. Und Auto fahren kann sie auch, was wichtig ist, denn viele Konzerte sind schon geplant. Zu den Schwestern und ihren Kindern habe ich sofort einen herzlichen Kontakt. Raimo wird von allen sehr verwöhnt.

Die Hochzeit soll im April mit beiden Familien gefeiert werden, alle können kommen und freuen sich schon sehr darauf. Die Geschwister sind unsere Trauzeugen.

Rolf hat ein Lokal ausgesucht in Hannover-Langenhagen. Endlich kann auch ich sagen, dass ich verheiratet bin und für meinen Mann und meinen Sohn leben darf.

Die Kosten für die Feier haben sich unsere Eltern geteilt. Die Zimmer bezahlt mein Mann. Auf diesem Fest sieht man nur fröhliche Gesichter, und Raimo ist der glücklichste Junge auf dieser Welt.

Nach dem guten Essen wird ausgelassen getanzt und am späten Abend schneiden wir dann noch die Hochzeitstorte an. Uns kommen die besten Gedanken zu. Ein rundum wunderschönes Fest.

Wir schlafen alle dort in dem Hotel, Rolf und ich im Hochzeitszimmer. Glücklich, geschafft und hundemüde schlafen wir ein.

Aber was ist denn los, mitten in der Nacht werden wir wach, es ist sehr ungemütlich in dem Bett, unter dem Laken liegen lauter Nägel. Wir brauchen etwas Zeit um sie zu entfernen. Es ist doch dunkel und wir sind noch müde. Da haben uns einige Gäste einen Streich gespielt, wie das so üblich ist in den Hochzeitsnächten.

Wir beide wissen das und schmunzelnd legen wir uns wieder schlafen.

Wir ziehen zusammen, meine Praxis schließe ich mit einem Abschiedsbild. Alles, was nicht in den Müll gehört, hefte ich auf eine Leinwand, es wird eine wunderschöne Collage, ich nenne sie „Abschied einer Kosmetikpraxis".

Frech bringe ich mein Meisterwerk in das Sprengel-Museum und biete es dort etwas übermütig als Exponat an. Schließlich ist es ja das Museum für moderne Kunst.

Das Kopfschütteln amüsiert mich, hatte ich es doch erwartet. Und meine Dreistigkeit wird humorlos abgeschmettert.

„Da kann ja jeder kommen!" Natürlich, das weiß ich auch. „Ja und? Ich bin jeder, eine Bürgerin aus Hannover, mit allen Rechten und Pflichten, bin verheiratet und habe einen süßen Sohn!"

Na gut, dann nicht. Ich schnappe mir mein Bild und gehe nach Hause. Und fühle mich glatt zehn Zentimeter größer.

Wir wohnen jetzt in einer Altbauwohnung zusammen. Mein früherer Behandlungsraum ist unser Schlafzimmer geworden.

Gern möchte Rolf, dass ich auch zu den Konzerten im NDR mitkomme, aber ich möchte Raimo nicht so gern abends allein lassen. Wenigstens soll ich ihn abholen, wenn das Konzert zu Ende ist. Ich habe mir ein wunderschönes Wildlederkostüm gekauft in Königsblau. Mit einem Stuartkragen, das steht mir besonders gut, ich möchte neben meinem Mann doch auch gut aussehen.

Es ist eine merkwürdige Situation. Im Funkhaus suche ich meinen Mann. Plötzlich sehe ich ihn oben auf der großen Treppe im Frack stehen, er winkt mir zu und ich gehe hinauf, während rechts und links Frauen Spalier stehen, die sich auch Chancen bei ihm ausgerechnet hatten. Eine behauptet sogar, ein Recht auf seine Rente zu haben. Oben angekommen, nimmt mich mein wunderschöner Ehemann in die Arme und schaut zu denen, die auf der Treppe stehengeblieben sind und verkündet: „Das ist die Frau, die mir von Amor anvertraut wurde, ich setze meine Segel in Brand und bleibe an Land".

Rolf sagt: „Du brauchst nicht mehr zu arbeiten. Ich verdiene genug für uns drei."

Endlich darf ich auch für meinen Mann die Hemden waschen und bügeln, das habe ich mir immer sehr gewünscht.

Und ich habe die Zeit, mit Raimo Schularbeiten zu machen, mich um das Essen zu kümmern oder Gäste einzuladen.

Das Leben so zu genießen, wie meine Freundinnen auch, die sogar unter ihrer Last manchmal klagen, da kann ich nur lachen, für mich ist alles so leicht und unbeschwert.

Es ist erstaunlich, wie rasant Raimo sich in der Schule entwickelt und bald auch sehr viel besser wird.

Wir spielen Tennis und fahren mit dem Fahrrad, ich habe meinem Rolf ein Fahrrad gekauft mit einem Umbau der Pedale, so kann auch er mit einem

Rad fahren, denn das war immer sein größter Wunsch. Durch das steife Knie konnte er nicht so richtig fahren. Jetzt ist das möglich, und dann sind wir Wege geradelt, die mein Rolf noch nie gesehen hatte. Die ganze Eilenriede haben wir zu dritt abgefahren. Meinem lieben Mann kullerten vor Freude die Tränen herunter, ich kann ihn gut verstehen.

Der Sommer kommt und damit auch die Konzerte. Wir beide begleiten Rolf auf den Konzertreisen, und wenn möglich gehen wir zum NDR zu den Konzerten. Für die klassische Musik kann sich Raimo auch begeistern. Er bekommt viele

Anregungen und möchte Klavier spielen lernen. Im Knabenchor haben wir ihn auch angemeldet. Rolf hat überall Beziehungen, die uns viele Türen öffnen.

Zu Weihnachten darf er in dem Schulchor den Josef spielen, das wird in der Kirche aufgeführt. Dort gibt es einen besonders netten Pastor, zu dem geht er später auch mit Freude zum Konfirmationsunterricht.

Der Gang zur Kirche gibt ihm Kraft, die Geschichten findet er toll und ich komme an den Sonntagen mit, dann hat er mich einmal ganz für sich allein.

Es berührt ihn, wie Jesus ans Kreuz genagelt wird, wie die Geschichte mit seinen Jüngern sich zum Ende neigt. Manchmal glaube ich, dass er sich in diese Rolle versetzt und sich in vielen Situation selbst so darstellen möchte, ein wenig leidend und sicherlich auch von Selbstmitleid geprägt. Manchmal spricht er auch davon, selbst einmal Pastor werden zu wollen.

Das kann ich ihm nicht verdenken, obwohl ich kein Unrecht an ihm zulassen würde, muss er wohl manchen Hohn ertragen.

Nach wie vor ist im Gaumen noch ein Loch und die Nase wurde mehrmals mit operiert. Ist aber nicht so schön schlank, wie er sich das wünscht.

Das Loch im Gaumen wird durch eine Platte, die mein Bruder für Raimo angefertigt hat, geschlossen gehalten.

Aber seine Hemmungen beim Sprechen sind immer noch groß, und so sucht er immer nach anderen Möglichkeiten, um sein Selbstwertgefühl zu stärken.

Er beginnt mit einem Tauchkursus, und findet die Maske für sich als Hilfe für seine Seele. Wir unterstützen ihn so gut es geht, dieses junge Aufstreben nach Anerkennung ist doch auch so wichtig für seine Seele.

Viele seiner Wünsche versuchen wir ihm zu erfüllen. Zum Beispiel das Tauchen, mit dem er aber Probleme hat, weil er wegen seines offenen Gaumens keinen Druckausgleich hinbekommt.

Nur den Wunsch nach einem Schlagzeug müssen wir ihm abschlagen, weil wir dafür doch nicht die geeigneten Räumlichkeiten haben.

Dann hat Raimo eine sehr gute Idee, er wünscht sich die Möglichkeit, zum Fechten zu gehen, das finde ich besonders gut, da nicht nur sein Rücken gestärkt wird, sondern durch die Maske sein Selbstbewusstsein unterstützt wird und in dem Fechtanzug schaut er besonders gut aus. Dort schließt er bald schon einige Freundschaften und wird von einer Trainerin betreut, die sich sehr behutsam um ihn bemüht.

Im Mai ist die Konfirmation. Ein wichtiger Tag in Raimos Leben. Und die vielen Geschenke haben fast alle etwas mit dem Fechten zu tun.
Alle Verwandten sind eingeladen, Großeltern, Paten und Geschwister. Raimo bekommt einen wunderschönen Anzug,

dazu passend Hemd und Schuhe. Ein schmucker Junge steht vor mir, und ich empfinde wieder einmal einen Abschied für mein Kind, aber gleichzeitig einen Neubeginn.

Ich lass meine Tränen fließen, als alle Konfirmanden geschmückt in die Kirche mit einem Posaunenchor hereingeführt werden. Ein feierlicher Akt mit vielen lieben Verwandten und einem Papa, der alles bezahlt.

Rolf wird plötzlich schwer krank, Magenschmerzen schütteln ihn, er kann nichts mehr essen und geht zum Arzt. Wir haben den Arzt in der Familie, mein Cousin ist gleich zur Stelle und weist meinen lieben Mann ins Krankenhaus ein.

Der dortige Chefarzt holt mich zur Seite nach der Untersuchung, und erzählt mir, dass es ein Tumor an der Leber sein kann, aber er will alles versuchen, meinen Mann wieder gesund zu machen.

Kann es denn nicht wirklich auch einmal für mich schön bleiben, die nächsten Sorgen liegen schon wieder auf der Hand.

Rolf wird operiert und wünscht sich, dass ich nachts bei ihm bleibe. Sobald ich das mit Raimo hinbekomme, versuche ich, die Nächte im Krankenhaus zu verbringen, um meinen lieben Mann zu pflegen. Das Pflegen liegt mir. Und ich bin oft an seiner Seite.

Zur gleichen Zeit haben wir aber eine andere Wohnung von meinen Eltern bekommen, in einer herrlichen Gegend in

Hannover-Südstadt. Eine Altbauwohnung mit Kamin, Sauna und Garten, mitten in der Stadt.

Die neue Wohnung wird total renoviert: neuer Fußboden, Lampen, Fenster und Türgriffe. Jeder, der eine Wohnung umgebaut hat, weiß wie viel es da zu überlegen gibt.

Rolf wird aus dem Krankenhaus entlassen, er ist aber so dünn und schwach, dass er von den Ärzten in die Reha geschickt wird.

Ich hoffe, dass ich mit dem Umzug fertig bin, wenn er dann hoffentlich gesund in sein neues Zuhause kommt. Mit Hilfe von Bekannten und Raimo wird das schon klappen.

Die Wohnung wird liebevoll eingerichtet. Das schönste Zimmer mit der Terrasse bekommt Rolf. Für sein Klavier und die drei Kontrabässen ist viel Platz und Licht. Raimo hat das Zimmer mit einem eigenen Bad und darf sich auch neu einrichten. Die Umzugskisten besorgen und den Umzugsmann bestellen, alles eine Frage der Organisation. Dann ist der Tag gekommen, Raimo hat die Aufgabe den kleinen Kater Moritz, der inzwischen ganz schön an Größe zugelegt hat, zu transportieren. Es wird ein großes Ereignis, aber Raimo tut sich schwer aus seiner gewohnten Umgebung herauszugehen. Mitten in der Großstadt zu wohnen, ist auch für Rolf eine große Erleichterung, weil die Wohnung, wie er es sich gewünscht hat, im Erdgeschoss liegt.

Jetzt ist die Wohnung fertig, Raimo hat seine Realschule beendet. Rolf kommt aus der Reha zurück. Wir leben wunderbar in dem neuen Bereich.

Raimo überlegt jetzt, einen Beruf zu ergreifen, Rolf unterstützt uns in diesem Gedankengang und ich unterrichte an einer Massageschule. Mir wird eine Ausbildung zur Fachdozentin angeboten, dazu muss ich zwei Prüfungen ablegen, eine für die Masseure und eine für die PTA-Schülerinnen. Da kommt Raimo auf die Idee, Masseur zu werden. Das finden wir gut und er meldet sich an meiner Schule an.

Im Unterricht haben wir zwei verschiedene Namen und seine Klassenkameraden ahnen nicht, dass Raimo mein Sohn ist. Da geschieht folgendes: Raimo hat zum Geburtstag eine Wildlederhose bekommen. Im Unterricht spielt er mit einem Skalpell auf seiner neuen Hose. Ich erschrecke: „Raimo!" Alle Schüler schauen zu mir, dann verbessere ich mich: „Herr Licht, was würde wohl ihre Mutter sagen?" Die Situation war gerettet und seine Mitschüler haben nichts bemerkt.

Schon kommt eine neue schwierige Situation, Rolf ist nun pensioniert und jeden Tag zu Hause. Raimo und ich, wir sind jeden Tag in der Schule.

Wenn Raimo nach Hause kommt, geht er in die Küche, macht sich manchmal Essen und holt sich zu trinken und verschiebt schon mal die Bestecke.

Rolf ist aber auch gern in der Küche, macht sich einen Tee und legt die Bestecke wieder um.

Wenn ich dann nach Hause komme, haben die beiden den größten Krach. Jeder will entscheiden und fühlt sich verantwortlich. Eigentlich habe ich in dieser Küche gar nicht mehr das Sagen. Ich klage mein Leid einer Freundin und sie hat die beste Idee. Raimo muss in eine eigene Wohnung. Mit Rolf bespreche ich gleich, dass Raimo nach seiner Ausbildung und Anstellung in eine eigene Wohnung ziehen soll.

Das größere Problem ist aber eine Anstellung zu bekommen. Hannover soll der Arbeitsbereich für Raimo bleiben, er schreibt sehr viele Bewerbungen, leider immer erfolglos.

Da ich selbst durch die Schule Masseure vermittle, entgeht mir nicht, dass Raimo schon allein wegen seines Lippenspaltes abgewiesen wird.

Wir haben sämtliche Beziehungen spielen lassen und dennoch kann Raimo keine Stelle in Hannover finden.

Dann bekommt er eine Zusage in Hamburg. Mutig fährt er ohne meine Hilfe dorthin und hat auch eine Wohnung gefunden. Jetzt ist der Baum, den ich mit viel Liebe aufgezogen habe, gewachsen, hat sich gut entwickelt und trägt Früchte. Mein Kind ist so selbstständig, wie ich es ihm immer gewünscht habe.

Am Wochenende kommt er nach Hause, geht weiter zum Fechten, trifft sich mit Freunden und fährt mit einem großen Paket süßer Sachen wieder nach Hamburg zum Arbeiten. Für mich und meinen Mann ist jetzt die Zeit gekommen, längere Konzertreisen zu unternehmen.

Eine wunderschöne Reise nach Venedig liegt vor uns. Es ist leichter, wenn wir zu zweit reisen.

Venedig ist für uns wie eine erneute Hochzeitsreise. Am Tag die Proben in einer sehr alten Kirche, abends dann am Kamin, das gute Essen, den herrlichen Wein, und wir beide völlig unbelastet.

Den Professorentitel, den mein Mann bekommen hat, feiern wir ausgiebig mit den Kollegen vom „Collegium Aureum". Wir Ehefrauen verbringen den Tag mit Besichtigungen und Einkäufen. Schöne Blusen und viel Schmuck verlocken zum Kauf. Auch ich habe mir ein wunderschönes Tuch gekauft und für meinen Raimo einen schönen Pullover.

So reisen wir nach dieser Woche voller Liebe und schönen Ereignissen wieder ab. Ich soll das Auto fahren und bekomme die Anweisung: „Fahr bloß vorsichtig!" An der nächsten Kreuzung will ich einen großen Lastwagen überholen, blinke und setze zum Überholen an, da kommt plötzlich von hinten ein schnelles Auto, so bleibe ich hinter dem Lastwagen und fahre langsam weiter.

Da holt mein Mann aus und gibt mir einen Schlag ins Gesicht. Ich glaube, ich bin in einem schlechten Traum. Ein sonst so liebevoller Mann, stolz und gütig. Ich beiße die Zähne zusammen, spreche elf Stunden kein Wort, fahre in einem Zug durch, ohne anzuhalten und zu essen.

Zu Hause sind wir jetzt angekommen und ich bin ganz schön geladen und sauer und sage zu ihm: „Das ist die letzte Reise, die ich mitgemacht habe."

Dieses Ereignis war der Bruch in unserer Beziehung. Aber da war ja mein Raimo, der ganz lieb zu mir hält, als ich ihm von diesem Vorfall berichte.

Bald wird es ihm aber zu beschwerlich, jede Woche von Hamburg nach Hannover zu reisen, so kommt Raimo bald wieder zurück nach Hannover. Jetzt mache ich es wahr, ich besorge ihm eine Wohnung in einem anderen Stadtteil von Hannover, so wie er es sich wünscht. Eine nette kleine Wohnung und gleich zwei Kätzchen dazu, denn unser Moritz bleibt bei mir.

Die Arbeit als Masseur lastet ihn nicht aus, um sich frei zu bewegen und auch finanziell frei zu sein, steht er morgens um vier Uhr auf und trägt Zeitungen aus. Danach duschen, Frühstück und in die Massagepraxis.

Im Oktober findet in Hannover ein Opernball statt. Am Freitag für Jugendliche und am Samstag für die Älteren. Raimo hat große Lust, nach der Tanzstunde auch dort hinzugehen. Ich lade ihn ein, besorge eine Karte und wünsche ihm viel Spaß. Es wird eine lange Nacht. Ein nettes Mädchen hat er kennen gelernt. Sie tanzen den ganzen Abend bis in die Nacht. Glücklich kommt Raimo nach Hause und erzählt von dieser wunderbaren Nacht. Es ist ein neues Gefühl für Raimo und ich spüre, wie es ihm guttut. Ein sehr nettes Mädchen, Christine heißt sie, und Raimo möchte seine neue Flamme mitbringen und uns vorstellen. Natürlich ist sie herzlich willkommen. Es ist schön anzusehen, wie Raimo liebevoll mit diesem Mädchen umgeht, den Arm um sie legt und mit ihr spazieren geht.

Schnell mischt sich in diese Liebe eine Freundin von Christine ein, Karina findet meinen Sohn auch gut. Ich finde es nicht so fair, aber bei Raimo kommt der Männerstolz dazu. Ich warne ihn davor, dass so ein Spiel zwischen zwei Frauen selten gut geht. So passiert es auch, dass sich Christine zurückzieht und Karina seine neue Flamme wird.

Raimo ist weiterhin sehr fleißig. Ich kaufe ihm eine eigene Wohnung. Er will in Mittelfeld bleiben. Dort finden wir auch die richtige Wohnung im dritten Stock mit einer Dachterrasse. Raimo macht es Spaß, sich die Wohnung selbst einzurichten. Mit einem großen Doppelbett, da die Katzen bei ihm schlafen sollen.

Er bekommt auch eine eigene Waschmaschine. Die Wäsche kann man auf dem Hof aufhängen. Raimo fühlt sich dort sehr wohl, und Karina ist immer für ihn da, sie liebt auch seine Katzen. Mein Sohn hat sein Leben selbst in die Hand genommen. Es ist alles richtig.

Der größte Wunsch von Raimo ist ein eigenes Auto. Das verstehe ich sehr gut. Wir suchen einen kleinen Flitzer, mit dem er auch zu seiner Arbeit kommen kann.

Er hat mir versprochen, jeden Montag zum Frühstück bei mir zu sein. Das sind für mich immer die schönen Momente, denn Rolf ist inzwischen schwer krank geworden und ich pflege ihn. Er hat eine Lungenentzündung und bekommt schwer Luft. Raimo verspricht mir sofort, wenn ich Hilfe brauche, an meiner Seite zu stehen.

Als Masseur hat er viele Kurse besucht und sich mit Medizin beschäftigt und ist stets hilfsbereit. Es ist alles in Ordnung. Raimo ist gut versorgt. Für Rolf sorge ich, er benötigt eine Lungenmaschine und ich betreue ihn liebevoll. Die Angst, plötzlich alleine zu leben, kommt immer häufiger. Es ist keine Zeit, darüber nachzudenken, denn ich bin viel beschäftigt.

1996

Rolf ist leider gestorben und möchte in Lübeck beerdigt werden, weil er dort auch geboren wurde. Für Raimo geht eine wichtige und wunderschöne Zeit zu Ende. In seiner kleinen Wohnung hängen jetzt die Bilder von Rolf, und er leidet sehr unter dem Tod seines geliebten Vaters.

Zwei Jahre sind inzwischen vergangen, das Leben hat für mich wieder einen Sinn. Ich beginne bald wieder damit, meine Freundinnen mit meiner Kosmetik zu verwöhnen.

Meine Praxis läuft gut, einige neue Entwicklungen für die Nachbehandlung der Lippenspalten werden von mir entworfen. Über die Tätowierer erfahre ich viel über die Farben, die in die Haut implantiert werden. Tätowiermaschinen kaufe ich bei einem Tätowierer, der mich beschwört, nicht darüber zu sprechen, weil diese Maschinen nur an praktizierende Tätowierer weitergegeben werden dürfen.

Dabei helfe ich vielen Patienten mit Lippenspalten, wieder eine gute Form ihrer wunderschönen Lippen zu bekommen.

Ich halte viele Vorträge zum Thema Farbimplantierung.

Ein Professor, bei dem ich einen Vortrag gehalten habe, schlägt mir vor, doch einmal Kontakt zu einem Zahnarzt in Braunschweig aufzunehmen. Dieser Zahnarzt Klose aus Braunschweig hat seinerseits von diesem Professor die Empfehlung bekommen, doch seine Dissertation über die Nachkorrektur der Lippenspalten zu schreiben. Noch bevor ich dazu kam, hat aber Herr Klose von sich aus schon bei mir angerufen und bald kam es zwischen uns zu einer Zusammenarbeit.

Die Patienten werden an mich von der Medizinischen Hochschule Hannover (MHH) überwiesen. Auch dort werde ich zu Vorträgen eingeladen. Diese Patienten bekommen die Behandlungen von den Krankenkassen bezahlt, wenn sie eine Notwendigkeitsbescheinigung von den Ärzten vorlegen. Der Zahnarzt aus Braunschweig kommt dann dazu, bespricht mit mir zusammen die Behandlung und gibt eine kleine Spritze, damit die Farbimplantierungen mit den Tätowiernadeln nicht allzu wehtun. Mit einem Kaltlaser kann ich auch kleine Wunden an den Lippen wieder ausheilen.

Wir dokumentieren die Behandlung fotografisch vor und nach dem Eingriff.

Diese Art der Behandlung, über die Herr Klose dann seine Dissertation geschrieben hat, hat mich persönlich immer sehr bewegt, und wir haben durch Anzeigen und Mund-zu-Mundpropaganda immer mehr Patienten gewonnen.

Um noch eine bessere Wirkung erzielen zu können, habe ich bei mehreren Firmen angefragt, ob sie anstelle eines Eindioden-Lasers auch einen Vierdioden-Laser konstruieren könnten. Das konnten oder wollten sie aber nicht.

Martin

Wie es aber der Zufall so will, lerne ich auf einem Ball einen netten Herrn kennen. Wir verabreden uns gleich für den nächsten Tag. Martin hat eine Firma für die Produktion von Deokristallen, die er auch an Kosmetikerinnen verkauft.

Er ist auch ein begabter Entwickler und begeistert sich gleich für meine Idee, für mich einen Laser mit sogar fünf Dioden zu konstruieren. Voll Feuer und Flamme macht er sich an die Arbeit. Dafür mietet er sich ganz in meiner Nähe eine Wohnung mit einem Labor. Seine Firma tritt er an seinen Sohn ab.

Martin ist aber auch an mir privat interessiert, doch ich lasse meine Gefühle für ihn nicht zu. Schließlich ist da ja auch noch seine Thai-Frau, von der er sich zwar getrennt hatte und die wieder nach Thailand zurückgegangen war, von der er aber noch nicht geschieden war. Und ich wollte keine neuen Schwierigkeiten in meinem Leben.

Wie gut, dass Martin eine eigene Wohnung hat, zwar in meiner Nähe, aber bitte nicht dichter dran. Aber beruflich finden wir schnell zueinander.

Martin entwickelt auch Hyaluron zum Glätten der Haut durch Einlasern. Die Zusammenarbeit mit ihm macht sehr viel Spaß, vor allem das Tempo, mit dem er arbeitet.
Meine neue Behandlungsmethode erweist sich sogleich als sehr vorteilhaft für meine Patientinnen. weil dadurch die Haut auch ohne Einspritzen schön glatt wird.

Raimo versteht sich sehr gut mit Martin und findet in ihm eine Vaterfigur, mit der er sich prima austauschen kann.

Dann kam Martin eines Abends zu mir und sagte ganz stolz, dass er seiner Frau geschrieben habe, sie könne in Thailand bleiben und dass er die Scheidung wolle.

Das habe ich ihm dann auch so geglaubt. Und bald schon wurden wir, Raimo, ich und Martin und sein Sohn Frank, schon fast eine kleine Familie, die viel zusammen unternimmt.

Aber seine Frau hatte es sich schnell anders überlegt und war wieder nach Deutschland zurückgekommen. Die gemeinsame Wohnung konnte sie allein nutzen, wollte aber doch wieder mit ihrem Mann zusammenbleiben. Und dadurch kam die Spannung auf, vor der ich mich und ihn immer gewarnt hatte.

Aber auch wenn zwischen uns keine Liebe im Spiel war und er ständig zwischen mir und seiner Frau pendelte, wusste ich mich letztlich doch in vielerlei Hinsicht damit zu arrangieren. So haben wir zum Beispiel gemeinsam Urlaube in Ägypten verbracht. Dort habe ich sogar das Tauchen gelernt und es war für mich faszinierend, in der Unterwasserwelt die bunten Fische und Korallen zu beobachten.

Doch da klingelt es am frühen Morgen bei mir und Martin steht vor der Tür, weiß wie Kalk. Ich frage ihn: „Um Himmels Willen, Martin, was ist denn passiert?" Und da sprudelt es aus ihm heraus. „Meine Frau hatte mich angefleht, doch wieder zu ihr zu ziehen. Doch das wollte ich nicht. Und dann, stell dir das bloß einmal vor, stand sie mitten in der Nacht mit einem scharfen Messer an meinem Bett und wollte mir die Kehle durchschneiden. Dazu sind die Thai-Frauen glatt in der Lage, wenn sie nicht bekommen, was sie wollen."

Wir haben in Ruhe einen Kaffee getrunken und Martin hat sich geschworen nicht mehr in die gemeinsame Wohnung von ihm und seiner Frau zu gehen.

Nach zwanzig Jahren wollte sich Martin zur Ruhe setzen und seine Firma verkaufen. Das gute Angebot eines Freundes hatte er ausgeschlagen und mit einer russischen Firma in Berlin windige Verträge abgeschlossen, all unseren Warnungen zum Trotz, dass mit den Russen nicht gut Kirschen essen sei.

Martins 70. Geburtstag haben wir noch groß gefeiert, denn Martin baute gesundheitlich immer mehr ab. Besonders nach seinen Reisen zu den Russen wurde er von Mal zu Mal schwächer. Er glaubte, dass das damit zusammenhinge, dass es in den Autos, mit denen ihn die Russen zu den Verhandlungen gefahren hatten, immer nach giftigem Rauch gerochen habe.

Es wurde Lungenkrebs bei ihm diagnostiziert. Bei mir zuhause liegt jetzt der schwerkranke Martin. Ich habe ihn bei mir aufgenommen, denn seine Frau hat sich schon vor langer Zeit von ihm getrennt und ist in ein buddhistisches Nonnenkloster gegangen. Aber er braucht jetzt dringend Hilfe.

Es ist wieder Montag, der Frühstückstisch ist gedeckt, Raimo ist noch nicht da. Ich versuche, ihn zu erreichen. Sein Telefon geht, aber keiner geht dran, na ja, ich denke er ist unterwegs. Ich warte und werde ungeduldig. Warum kommt er nicht? Er ist doch sonst so gewissenhaft. Meine Unruhe wird immer größer, Raimo ist doch sonst so korrekt und ruft an, wenn er nicht kommt. Ich nehme mir vor, wenn ich Martin gut versorgt habe, dass ich zum Raimo fahre, den Schlüssel zu seiner Wohnung einstecke und dann nachschaue, warum er sich nicht gemeldet hat. Vielleicht geht es ihm nicht gut, vielleicht hat er sein Handy verloren. Meine Gedanken werden immer gespannter und ich beeile mich.

Da klingelt das Telefon: „Frau Schlegel, sind Sie es selbst? Ich rufe von der Hausverwaltung an, aus ihrer Wohnung ist ein junger Mann herausgefallen und gestern ins Krankenhaus gekommen."
Oh, mein Gott, wissen die denn nicht, dass es mein Sohn ist, der junge Mann, denke ich. „Danke für die Mitteilung. Ja, das ist mein Kind, und bitte sagen Sie mir, wo ich ihn finden kann." Doch sie wusste es nicht.

Ich habe nur einen Gedanken, welches Krankenhaus, um ganz schnell zu ihm zu fahren. Martin benötigt zwar meine Hilfe in diesem Moment, aber er sagt: „Fahre bitte zu Raimo, ich komme allein klar."

Nach langem Suchen und Hinterfragen habe ich endlich das Krankenhaus gefunden, in das sie ihn gebracht haben. Gleich habe ich mich mit angstvollen Gedanken auf den Weg gemacht. Alle Ampeln standen natürlich auf Rot. Ich musste mich sehr zusammenreißen, um nicht loszzuweinen. Wie viele Wege bin ich schon gefahren, mit Tränen in den Augen, um zu meinem Kind zu kommen.

Alles war doch so in Ordnung, eine schöne Wohnung, ein Auto, eine gute Arbeit, eine liebe Freundin, und jetzt ein Sturz vom Dach? Wie tief mag er wohl gefallen sein? Und was ist Schlimmes mit ihm passiert?

In der MHH in Hannover finde ich schnell einen Parkplatz, ich laufe, um zur Anmeldung zu kommen und frage: „Wo finde ich meinen Sohn? Raimo Licht." „Im 4. Stock, rechts mit dem Fahrstuhl." Er lebt. Was für ein Glück.

Das ist für mich im Moment das Wichtigste. Ich muss nicht lange suchen, die Schwestern sind sehr nett und verstehen meine Hektik.

„Bleiben Sie ganz ruhig", sagt die Ärztin zu mir. „Ihr Sohn ist gerade aus dem OP gekommen und hat gesagt: „Meine arme Mutter, jetzt musst du mich pflegen, obwohl ich dir versprochen hatte, dir bei der Pflege von Martin beizustehen." Wie so oft kann ich auch jetzt nicht mehr meine Tränen zurückhalten, als ich zu seinem Bett komme und ihn da liegen sehe. Aber er kann wenigstens sprechen.

Da ist die Angst und die Freude, dass ich ihn im Arm habe, gleichermaßen schlimm und schön für mich. „Wie geht es dir? Und magst du schon erzählen, was da geschehen ist?" Immer wieder halte ich seine Hand und bin so glücklich, dass er lebt.

Und so ist es passiert: Es war Sonntagmittag, Raimo hatte Wäsche gewaschen und sie im Hof aufgehängt. Dazu lässt er seine Tür im dritten Stock auf, damit seine beiden Katzen wissen, das Herrchen kommt gleich wieder.

Mit einem guten Gefühl, seine Wäsche ist gewaschen, ging Raimo aus dem Garten wieder in seine Wohnung, aber was war das? Die Tür war zugeknallt und die Katzen jammerten, weil ihr Herrchen nicht in die Wohnung konnte.

Es ist Sonntagnachmittag, alle halten Mittagsruhe und sein Handy ist in der Wohnung, Geld für einen Anruf hat er nicht dabei. Was sollte er machen? Da kam er auf die Idee, von einem Fenster auf dem Flur über das Dach in das Fenster von seinem Bad zu steigen. Als sportlicher junger Mann ist er gut trainiert, diese Wege zu meistern. Aber er hatte nicht daran gedacht, dass seine kleine Katze vor einem Monat auch auf dem Dach gewandelt, dabei abgerutscht und in die Tiefe gefallen war.

Als er merkte, dass ein Fenster mit den Armen nicht erreicht werden konnte, wollte er den Weg zurückgehen und ist dabei wie seine Katze abgerutscht und in die Tiefe gestürzt.

Eine Nachbarin, die zufällig aus dem Fenster geschaut und den Fall beobachtet hatte, hat sofort reagiert und den Notdienst gerufen und die Helfer gleich auf den Hof gelassen. Die Nachbarin hat noch gehört, dass er geschrien hat: „Nein, nicht jetzt!" Da war es schon geschehen. Zwölf Meter tief ist er gefallen. Raimo konnte noch reden und stöhnte: „Bitte rufen Sie meine Mutter an!"

Aber dann wurde alles schwarz vor seinen Augen. Der Notfallwagen hat ihn dann in die MHH gebracht.

Als Raimo aus dem OP-Saal kommt, sitze ich wieder einmal an seinem Bett, wie immer mit dem bitteren Gefühl, niemanden an meiner Seite zu haben.

Aber doch voller Freude, dass Raimo noch am Leben und auch glücklich ist, weil er zu mir sagt: „Mutter glaub mir, ich habe keinen Selbstmord beabsichtigt!"

Das, was ich tun muss, tue ich irgendwie in Trance. Aber ich sage mir: „Alles wird besser!"

Aber es kommt noch schlimmer, Raimo wird mehrfach operiert. Sein Fersenknochen ist zertrümmert. Und der andere Fuß reagiert leider auch nicht auf alle Reflexe. Es geht ihm aber jeden Tag etwas besser. Seine Katzen muss ich auch jeden Tag füttern, mit den üblichen Streicheleinheiten.

Aber da meldet sich Raimos Freundin Karina an und zieht in dessen Wohnung und versorgt die Katzen. Das ist schon eine Erleichterung für mich.

Aus dem Krankenhaus kommt ein Anruf, ich solle dringend kommen. Ich fahre sofort hin. Vorher bekommt Martin noch eine Tablette gegen die Schmerzen.

Die Ärztin hat beschlossen, mein Kind soll nach Hamburg in ein anderes Krankenhaus verlegt werden. Dort muss es lernen, mit einem Rollstuhl zu fahren und wieder mit Krücken zu gehen. Ausgerechnet jetzt, wo Martin auch meine Kraft braucht.

Auf dem Heimweg werde ich unruhig. Wie mag es ihm wohl gerade gehen? Da ist es schon passiert, meine Haushaltshilfe ruft mich schon an der Tür, „Beate, komm ganz schnell, Martin liegt bewegungslos auf der Erde!"

Ich renne zu ihm. Die Sauerstoff-Brille ist ihm herausgerutscht, ich setzte sie ihm wieder auf die Nase, lege ein Kissen unter seinen Nacken und rufe den Notdienst. Seine Augen öffnen sich ganz langsam und ich rufe ihn, aber da kommen auch schon die Notfallärzte. Sie tun alles, was in ihrer Macht steht. Plötzlich schlägt sein Herz wieder und er wird in ein Krankenhaus gebracht.

Jeden Tag fahre ich in beide Krankenhäuser.

Martin spricht nicht mehr, noch schlägt sein Herz, seine Kinder lösen mich ab, und ich fahre zu Raimo, der Angst vor der Veränderung hat.

Ich kann meinen Jungen gut verstehen, aber wir sind immer wieder von dem Wohlwollen der Ärzte abhängig. Ich bitte, doch ein wenig mit dem Transport meines Kindes zu warten. Leider haben die Wünsche und Bitten uns nicht helfen können.

2014. Martin stirbt in diesen Tagen.

Mit Hilfe von Freunden und Verwandten wird die Trauerfeier vorbereitet.

Jetzt sitze ich schon im Krankenwagen nach Hamburg. Mein Junge ist für mich noch alles, was ich habe. Die Station in Hamburg Bergedorf ist schon von außen sehr trostlos. Viele veraltete Gemäuer und weit weg von meinem und Raimos zuhause. Uns geht es beiden nicht gut.

Ein Zimmer für vier Männer, alle Querschnittsverletzte. Mir steigt das Blut hoch, hier soll es nun mein Kind sechs Wochen aushalten?

Aber ich habe nicht das Recht zu zweifeln. Ein Schrank, ein Bett und ein Nachtisch. Alles empfinde ich als nicht sauber. Ich wollte Raimos Schlafanzüge, seine Sportkleidung und seine Schuhe in den Schrank legen, da finde ich als erstes Mäuseköttel in einem Krankenhaus.

Auch herrscht hier ein rüder Ton. Das alles ist für meinen sensiblen Raimo schwer zu ertragen. Ich bleibe, solange ich kann und versuche ihn zu trösten.

Was kann man denn in so einer Situation überhaupt noch tun, außer Trost spenden? Am Abend fahre ich die lange Strecke vom Krankenhaus mit dem Bus zum Bahnhof und dann nach Hannover.

Schweren Herzens sitze ich jetzt an der Vorbereitung zu der Beerdigung von Martin. Alle wollen kommen, Geschwister, Nichten, Neffen und alle Freunde.

Zwischendurch fahre ich mit dem Auto nach Bergedorf, finde aber die Abfahrt nicht. Ich habe so ein leckeres Essen für meinen Jungen in dem Auto und komme einfach nicht an in Bergedorf.

Dann übernachte ich bei meiner Schwester in Winsen. Mein Raimo hat den ganzen Tag nichts gegessen, nur auf mich gewartet. Wie furchtbar ist das für mich. Ich fühle mich so schuldig, dass mein Kind nicht genug zu essen bekommt, und dann auch noch meine Pleite, ohne Orientierung und ohne Navigationsgerät. Am nächsten Morgen geht die Fahrt gleich nach Hamburg-Bergedorf, nachdem mir meine Nichten den Weg beschrieben haben.

Wie schön, ich kann zu meinem Kind. Raimo sitzt schon im Rollstuhl und möchte mit mir ausfahren. Ich bin fürchterlich erschrocken, wie sieht denn mein starker Junge aus? Völlig abgemagert, sein Gesicht ist nur noch Haut und Knochen.

Das werde ich aber nicht einfach hinnehmen, es kommt das Gefühl von einer Löwin dabei heraus. Ich habe mich immer gewehrt bei Unrecht. Mein Weg führt mich zur Stationsärztin und ich frage sie, ob sie hier alle mein Kind verhungern lassen wollen? „Wieso?", fragt die Ärztin. „Sieht Raimo nicht immer so aus?"

„Nein, so abgemagert war er noch nie, was ist hier los?" „Gut, dann darf er sich ab morgen wünschen, was er essen möchte", lenkt die Ärztin ein. Ich bleibe so lange bei ihm, bis geklärt wird, was Raimo in Zukunft zu essen bekommt. Ein wenig beruhigter fahre ich wieder zurück nach Hannover. Jetzt weiß ich auch den Weg nach Hamburg-Bergedorf.

So oft Raimo anruft und sich nach mir sehnt, fahre ich auf dem schnellsten Weg zu ihm.

Inzwischen habe ich auch die Pflege für seine beiden Katzen an ein Ehepaar abgegeben, die in dem gleichen Haus wohnen. Beide mögen Katzen und kümmern sich liebevoll um diese beiden. Leider vermissen auch diese Tiere ihren Raimo und die Streicheleinheiten. Das rieche ich gleich, wenn ich die Wohnung betrete. Auch diese wehren sich auf ihre Art gegen die Veränderung.

Was wird nach den sechs Wochen, wenn Raimo im Rollstuhl in Hannover ankommt? Die Vorbereitungen laufen schon an. Die Überlegung, kann mein Kind auf zwei Krücken gehen? Oder kommt er nur mit einer Tragehilfe in den dritten Stock? Was machen wir, wenn er das nicht schafft? Im Moment möchte er nur zu seinen Katzen, sein einziger Trost, dass diese beiden süßen Katzen auf ihn warten. Manchmal lassen wir sie ans Telefon, wenn die Katzen seine Stimme hören, laufen sie durch die Wohnung und suchen ihn.

Was mache ich mit seinem Auto? Es sind so viele Fragen. Aber jetzt ist vor allen Dingen erst einmal nötig, die Wohnung so zu reinigen, dass keine Gerüche mehr zu spüren sind. Die Matratze muss erneuert werden, die Teppiche gebe ich zum Reinigen, die Wolldecken werden gewaschen.

Dann kommt der Tag, an dem Raimo mit einer Taxe nach Hause darf. Alle warten wir gespannt. Das Massageinstitut ist im Nachbarhaus, also bequem zu erreichen. Und die Mitarbeiter sind auch sehr behilflich dabei, Raimo das Treppensteigen zu erleichtern. Alles wird gut.

Wir helfen alle aus dem Haus und die Freundin Karina, möchte ein paar Tage bei Raimo bleiben. Er hat so viel durchgemacht und soll jetzt gebührend empfangen werden. Der Rollstuhl muss als erstes in seine Wohnung gebracht werden. Und wir warten geduldig vor seiner Tür, plötzlich biegt die Taxe um die Ecke. Ein strahlendes Gesicht zeigt mir, es geht ihm gleich besser.

Der Transport in die Wohnung gestaltet sich dennoch schwierig. Raimo kann beide Füße nicht vollständig einsetzen. Der zertrümmerte Fuß ist in einer Schiene und für den anderen Fuß hat er einen festen Schuh.

Er tut mir sehr leid, denn die Treppen hoch bis in den dritten Stock sind eine große Quälerei. Für Raimo ist es aber eine Freude, wieder zu Hause zu sein.

Ganz optimistisch sagt er: „Ich werde wieder auf die Beine kommen und auch wieder meinen Beruf ausfüllen."

Schön, wenn ich diese Aussage höre, das beweist mir, wie groß sein Mut ist, das Leben weiter zu genießen. Solange ich lebe, wird es ihm gutgehen und ich werde alles veranlassen, dass es ihm an nichts fehlt. Na, nun hat er es endlich geschafft und ist in seiner Wohnung, freundlich, sauber und der Kühlschrank gefüllt, seine Freundin bei ihm, nun bin auch ich zufrieden, es geht weiter voran.

So einfach wie gedacht ist es aber dennoch nicht. Den nächsten Sonntag möchte er als erstes zum Grab von Martin. Da der Friedhof auch dort liegt, wo Raimo wohnt, ist das kein

Problem, aber wie kommt er allein mit meiner Hilfe wieder runter und rauf. Mir wird bange, und ich überlege, wer mich dabei unterstützen kann. Ein Freund bietet sich an, und so helfen wir ihm gemeinsam, die Treppe herunterzukommen. Ein trauriger Weg, es ist so viel passiert in der letzten Zeit. Der Friedhof ist schnell erreicht, denn für Raimo ist es wichtig, ihn in der Nähe zu haben, denn ich werde auch dort hinkommen.

Das größte Problem wird der Aufgang in seine Wohnung sein. Wie schaffe ich es, meinem Sohn doch noch zu helfen? Wir rufen den Freund wieder an, und er hilft uns, denn Raimo hat nicht die eigene Kraft, die vielen Treppen alleine hoch oder runter zu kommen. Es häufen sich meine Gedanken, wie das in Zukunft werden soll.

Der Physiotherapeut hat seine Praxis im gleichen Haus und hat sich bereit erklärt, in die Wohnung zu kommen und mit ihm die Übungen zum Laufen zu machen.

Aber immer häufiger kommt von Raimo die Aussage: „Ich fühle mich wie in einem Gefängnis!" Das kann ich gut verstehen, und ich überlege schon, wie wir diese Situation verbessern können. Sitzt er erst einmal in seinem Rollstuhl, dann fühlt er sich wohl und fährt durch seinen Ort, als wäre alles selbstverständlich. Ich freue mich, wenn wir die Wege mit der Treppe geschafft haben.

Da der zerschmetterte Fuß nicht heil wird, benötigt Raimo auch eine Pflege. Ein netter Herr kommt jeden Tag, reinigt die wunde Stelle und verbindet sie wieder neu. Diese Stellen, die nicht heilen wollen, machen mir große Angst. Mit diesem Fuß kann er überhaupt nicht auftreten, der andere Fuß trägt eine Schiene und lässt sich nicht gut bewegen. Raimo ist aber dennoch sehr zuversichtlich, denn wir lesen in der Zeitung gerade die Geschichte von dem Sportler, der seit seiner Kindheit keine Unterschenkel hat und trotzdem dank zwei Spiralansätzen bei den Paralympics teilnimmt. Das macht uns Mut.

Bis wir aber diese Spiralansätze bestellen können, wird noch viel Zeit vergehen. Bis dahin versuchen wir, den Fuß so gut wie möglich wieder funktionstüchtig zu bekommen.

Ich suche jetzt eine Wohnung für meinen Jungen, in die er allein hinein und heraus kann. Die gäbe es im Annastift. Im Grünen gelegen an einem See. Sogar seine Katzen dürfte er dort haben. Leider ist dort alles schon vergeben.

Dann setzte ich eine Anzeige in die Zeitung, „Suche eine Wohnung mit Zugang für einen Rollstuhl". Ein netter Herr meldet sich – was für ein Glück – durch ihn bekommen wir genau die rollstuhlgerechte Wohnung, die wir uns vorgestellt hatten.

Hurra, ich bin glücklich, leider muss Raimo aber seine geliebte Umgebung aufgeben. Jetzt wird seine Wohnung verkauft, für kurze Zeit wohnt Raimo bei mir und ich kann ihn und seine Katzen verwöhnen. Diese beiden süßen kleinen Kätzchen haben schon so viel überstanden. Raimo schläft die drei Tage in meinem Bett und ist sehr schlapp, das „Verwöhntwerden" tut ihm gut.

Inzwischen konnte ich die alte Wohnung von Raimo gut verkaufen, und die neue Wohnung, eine rollstuhlgerechte, habe ich dafür gekauft.

Die Möbel sind verstaut, und alles ist gut vorbereitet. während ich meinen Schatz bei mir habe, findet der Umzug statt.

Die Katzen sind wieder einmal sehr nervös, ihr Herrchen hat wenig Zeit für die beiden, er ist sehr mit sich und seinen Schmerzen beschäftigt.

Nachdem er in seiner neuen Umgebung angekommen ist, durchstreifen wir die Ortschaft. Es ist alles viel einfacher für meinen Raimo, der Bus hält vor der Tür, in das Haus kommt er allein durch eine Rampe. In den zweiten Stock fährt er mit dem Rollstuhl. Auf jeden Fall möchte Raimo unabhängig sein und sein Leben allein weiterführen. Die Wohnung ist groß genug für den Rollstuhl und ab und zu nimmt er auch seine Krücken. Und es gibt einen schönen Balkon. Darüber freuen sich besonders die Katzen. Ich werde für den Balkon noch ein paar Möbel besorgen und ihn auch noch etwas bepflanzen. Solche Arbeiten überlässt Raimo mir. Ansonsten geht er seine Wege allein. Heute sind auch alle Geschäfte auf Rollstuhlfahrer ausgerichtet. Eine Krankengymnastikpraxis findet Raimo auf der Hauptstraße.

Wenn er mir davon erzählt, huscht so ein Lächeln über sein Gesicht. Dort arbeitet nämlich eine sehr hübsche Krankengymnastin. Von dort soll ich ihn später abholen.

Ich bitte ihn noch, dass er sich warm anziehen soll.

„Bitte Raimo, es ist noch bitterkalt im März, setz eine

Mütze auf, wenn du dorthinradelst, damit du dich nicht erkältest!" Gegen seine Eitelkeit konnte ich nicht angehen, eine Mütze setzte er nicht auf und einen Schal hatte er auch nicht umgebunden, dabei war der Wind noch kalt und frisch.

Ein paar Tage danach fing es an, Raimo hatte Fieber und Husten und Schnupfen. Ich bin dann über Nacht auch bei ihm geblieben, aber es wurde immer heftiger. Morgens hatte er so hohes Fieber und Fieberträume, dass ich sofort den Arzt angerufen habe. Der konnte aber nicht kommen und sagte, ich solle den Notarzt rufen.

„Mutter, ich möchte nicht ins Krankenhaus", fleht mich Raimo an. Aber was soll ich tun? Welche Entscheidung treffen? Dem Wunsch meines Sohnes nachgeben oder Hilfe holen? Gegen das Fieber gab es nur eine Entscheidung.

„Raimo, ich bin bei dir. Alles wird gut!", konnte ich ihm noch zurufen, bevor die Tür des Krankenwagens sich hinter ihm schloss. Wie der Teufel bin ich dem Krankenwagen hinterher gerast. Ohne Rücksicht auf rote Ampeln.

Im Krankenhaus wurde Raimo gleich an den Tropf gehängt. Ich bin bis spät abends geblieben, musste noch die Diagnose abwarten, sie lautet Lungenentzündung.

Oh, mein armes Kind, jetzt fahre ich wieder, und wieder einmal unter Tränen in den Augen, ins Krankenhaus. Die Sauerstoffflasche von Martin steht noch bei mir. Meine Wohnung ist groß genug, ich kann mein Kind nach Hause holen.

Auf der Intensivstation wird es dramatischer, Raimo bekommt keine Luft. Die Ärzte versuchen mit einigen Maschinen gegen die Lungenentzündung anzukämpfen, Raimo wehrt sich mit Gewalt dagegen, wir können ihn nicht überreden, dass er jetzt Sauerstoff erhalten muss. Alles ist erschwert durch seine Öffnung im Gaumen. Unter der Sauerstoffmaske bekommt er Erstickungsangst.

Ich kann ihm das gut nachempfinden, diese Masken gehen über Mund und Nase, sie machen Angst.

Ich bleibe bei ihm, denn es wird ihm ein Mann dazugelegt, der höllisch durch die Station schreit. Ich empfinde es als Zumutung für mein Kind. Selbst voller Angst an Maschinen gefesselt, soll er nun auch noch einen Sterbenden ertragen.

Ich gehe dagegen an und bitte die Ärzte, das zu ändern. Es wird mir erklärt, auf der Intensivstation sei das eben so. Daraufhin beschließe ich, die Nacht mit meinem Sohn zu verbringen. Dagegen können die Ärzte nichts unternehmen.

Wir bekommen beide Ohrenstöpsel, die eigentlich nicht helfen, Raimo schläft dennoch gut, ich sitze an seinem Bett und halte seine Hand. Er ist schlapp und schläft dann doch ein. Ich ertrage die Schreie dieses Patienten, und dabei geht mir sehr viel durch den Kopf.

Raimo hat keine Patientenverfügung und auch keine Vorsorgevollmacht. Wenn ihm etwas zustößt, habe ich nicht einmal etwas in der Hand.

Morgens um sechs Uhr kommen die Schwestern. Ich verabschiede mich von Raimo.

„Schatz, ich fahre nach Hause und hole für dich eine Verfügung und eine Vollmacht, dann komme ich wieder." „Ja, Mutter, danke, dass du da warst." Ich küsse meinen Sohn und ahne nicht, dass es wohl das letzte Mal sein wird.

Welch ein Glück, ich finde sofort im Internet alle Verfügungen, die ich benötige, um für ihn die Verantwortung zu übernehmen. Raimo weiß, dass ich ihm in jeder Situation helfen werde. Gleich wieder ganz schnell auf die Station, Raimo unterschreibt mir alles mit den Buchstaben Raimo-James, so wollte er gern heißen. Ich mache Kopien von den Unterlagen und gebe sie den Ärzten. Damit bin ich jetzt die offizielle Ansprechpartnerin.

Wir verbringen den Tag mit Erzählen und ich helfe ihm beim Essen und wenn er auf die Toilette gehen möchte. Die Ärzte kommen vorbei und fragen nach den Vollmachten. Ich herrsche sie völlig übermüdet an: „Die haben Sie doch schon längst!"

Parallel bestelle ich ein Einzelzimmer auf der Privatstation für meinen Sohn und mich, um ihn selbst zu versorgen. Raimo wird in meinem Beisein vom Chefarzt unterrichtet, es gäbe ein Zimmer auf der Privatstation, aber ohne Sauerstoffhilfe in der Nacht. Raimo wird gefragt, ob er das möchte und schüttelt den Kopf. Dagegen kann ich nichts mehr unternehmen, was soll ich nur tun?

Was soll denn jetzt geschehen? Ob Raimo mündig ist, werde ich gefragt. Diese Frage finde ich als Zumutung, natürlich hat kein Mensch mein Kind entmündigt und ich habe auch gerade den Ärzten alle Vollmachten überreicht, genügt das nicht? Und dann darf ich auch nicht jeden Tag zu meinem Kind und wenn, dann nur unter besonderen Voraussetzungen.

Aber ich habe mir Hilfe geholt beim Ethik-Komitee. Ein sehr netter Pastor hat mir dann Beistand zugesagt, nachdem ich ihm unter großen Tränen mein Leid geklagt habe.

Daraufhin darf ich jetzt zwar jeden Tag kommen, muss aber trotzdem manchmal lange warten, bis ich in das Zimmer darf. Jetzt liegt eine junge Frau mit der gleichen schweren Lungenentzündung wie Raimo da. Er schläft viel, wird beruhigt durch Medikamente. Ich bleibe den ganzen Nachmittag und halte seine Hand, wasche sein Gesicht ab, da er stark schwitzt.

Später gehe ich noch zu dem Geburtstag meiner Freundin, lege mein Handy an den Tisch und hoffe immer noch, dass es Raimo gut geht. Sonst wird er mich anrufen.

Ich trinke keinen Tropfen Alkohol, um gleich zu Raimo zu kommen, wenn er mich braucht. Aber es kommt immer noch kein Anruf. Ich rede mir ein, dass Raimo friedlich schläft. Es ist Mitternacht.

Ich fahre nach Hause, da klingelt mein Handy. Ein Anruf von der Station 11.

„Hier spricht der Professor, wir haben entschieden. Ihren Sohn werden wir ins Koma legen, und wir haben ihn gefragt, er hat genickt!"

Es zieht mir den Boden unter den Füßen weg. Ich frage noch zurück: „Kann ich gleich noch zu ihm kommen?" „Nein, das geht jetzt nicht, sie können morgen kommen zur Besuchszeit!"

Es ist für mich eine furchtbare Zeit, ich darf mein Kind nicht mehr sprechen, und es schmerzt der Druck in diesem Moment, mein Herz ist krank. Die Nacht bleibe ich wach, kann nicht schlafen, rufe seinen Arzt an, keiner kann mir helfen, ich fühle mich sehr allein.

Am nächsten Tag fahre ich ganz schnell ins Krankenhaus, muss lange warten und dann darf ich zu meinem Sohn: ein erschreckender Anblick, auf den Augen durchsichtige Pads und der Mund offen, ich streichele sein Gesicht und seine Hände. Er reagiert auf meine Stimme, sein Blutdruck steigt. Ich lasse mir die vielen Maschinen erklären, die ihn am Leben erhalten. Auch seine beiden Patentanten sind hier, um ihm beizustehen.

Nach drei Wochen: Der Professor holt mich zur Seite, „Frau Schlegel, wir können nichts mehr für ihren Sohn tun, es funktioniert kein eigenes Organ mehr, nur durch die Maschinen werden seine Organe erhalten."

2.5.2015 Raimo stirbt

Wie so oft muss ich allein die Entscheidung treffen.

Ich rufe alle an, die ihn sein Leben lang begleitet haben. Und auch den letzten Weg mit ihm gehen wollen.

Elisabeth, wir sind schon 60 Jahre befreundet und sie ist seine liebevolle Patentante.

Meine liebste Cousine Ruth, Raimos zweite Patentante.

Ihren Ehemann, den Pastor Lutger, der mir geraten hatte, mich an die Ethik-Kommission des Krankenhauses zu wenden.

Für mich ist es der letzte Weg zu meinem Kind und es tut gut, meine Lieben um mich zu haben.

Wir stellen uns um sein Bett. Alle Maschinen werden langsam abgestellt. Zuletzt die Herzmaschine.

Es ist bitter zuzusehen, während dein Kind stirbt.

In einem ruhigen Raum durfte ich Raimo selbst ankleiden, und wir haben die Kerzen angezündet und gebetet.

Vielleicht ist er ja dort, wo er jetzt ist, ein Engel, der sich nicht mehr verstecken muss.

Epilog

An dieser Stelle Raimos Sicht auf sein Schicksal.

Mein Leben und Ich!

Ja, es klingt abstrakt, man könnte sagen ein bisschen verrückt, wenn man den Titel liest. Aber bei den Beschreibungen meines bisherigen Lebens wird mir der Leser vielleicht am Ende doch noch recht geben!

Aber fangen wir von vorne an:

Das Erste, an das ich mich bewusst erinnern kann, ist ein abgedunkeltes Krankenzimmer. Ich liege an Händen und Füßen gebunden in diesem Bett und um mich herum sehe ich nur Gitterstäbe.

Ich habe große Schmerzen, in meinem Gesicht, in meinem Mund, ja es schien, als ob alles gleichzeitig weh tun würde. Ich möchte schreien, aber außer einigen dumpfen Lauten bringe ich nichts heraus, zumal mein ganzer Mund voll von Blut und Schleim war. Später habe ich dann erfahren, dass bei dieser ersten OP bei mir ein Rippenstück rechts entnommen und oben im Oberkiefer zwischen Oberlippe und Nasenscheidewand eingesetzt wurde. Damals war ich sechs Monate alt.

Leider gab es noch weitere OPs, die zur Nasen-Gaumen-regulierung dienen sollten, insgesamt waren es zwölf Operationen!!! Das Ergebnis hielt sich sehr in Grenzen.

Diese Operationen waren immer so gelegt, dass der OP-Termin entweder in den Osterferien oder in den Sommerferien lag.

Während die „normalen" Kinder beim schönsten Wetter draußen herumtollten und sich vergnügten, musste ich mich im Krankenhaus aufhalten, was mir immer weniger gefiel.

Im Nachherein hat dieser Zustand mit dazu beigetragen, dass meine körperliche wie auch meine geistige Entwicklung gegenüber den anderen Jungs und Mädchen immer hinterherhinkte.

Inzwischen konnte ich diesen „Zustand" verbessern.

Das Erste, was mir auffiel, war mein merkwürdiges Aussehen! Ein großer, schiefer Tropfen, der meine Nase darstellen sollte! Tja, und mein Mund? Grauenhaft war das, was mir dort aus dem Spiegel entgegen starrte. Das Schlimmste aber schien meine Stimme zu sein. Während meine Mitschüler im Kindergarten und später in der Schule sanfte, melodische Stimmen hatten, klang meine Stimme als wenn ich durch einen Gartenschlauch sprechen würde. Aber das Schlimmste für mich war mein Name. Raimo.

Überall gab es Namen wie Jens, Olaf, Sven, Richard, Ulrich und viele andere, sogar Axel. Ausgerechnet Raimo und dann noch mit AI geschrieben.

Egal was mich und meine Person betraf, es waren immer „Besonderheiten"! Leider habe ich dann diese Besonderheiten immer wieder durch meine Mitmenschen zu spüren bekommen!

Entweder dass andere über mich lachten und das auch noch laut oder dass man mich anschaute wie eine Missgeburt, die auf dem Jahrmarkt ausgestellt wird. Wie oft habe ich mir gewünscht, dass ich nie geboren sei!

Deshalb waren meine Lieblingsfilme zurzeit Frankensteins Braut (Boris Karlshof) und auch Der Glöckner von Notre Dame (mit Anthony Quinn).

Ja, so habe ich mich auch oft gefühlt. Als Außenseiter, als Monster! Gehasst und gefürchtet. Nur weil ich nicht der sogenannten „Norm" entsprach, die die Gesellschaft den Kindern und damit auch den Müttern auferlegt.

Ich weiß nicht, wie viel meine Mutter damals von meinen Ängsten und Sorgen mitbekam, aber selbst wenn sie etwas mitbekommen hat, dann war es nur die Spitze des Eisberges gewesen! Während diesem Zeitraum habe ich mich öfters gefragt, warum ich so anders bin? Hat es einen bestimmten Grund und wenn ja, welchen?

Aber ich habe auch oft mit den Gedanken des Selbstmordes gespielt, aber irgendetwas hat mich immer wieder davon abgehalten.

Aber um Antworten auf all diese Fragen zu erhalten, habe ich mich oft in der Schulbibliothek aufgehalten und habe Bücher gelesen. Sexualkunde-Bücher genauso wie Gespenster-Bücher. Zum Beispiel Bücher von Lothar Sauer wie Die Hexen-Esche, Die Geister-Kogge und Die Satans-Schüler.

Dabei ist mir aufgefallen, dass diese Geschichten so enden, dass der Leser eine Lektion daraus mitnehmen konnte und das wie William Shakespeare es so treffend beschrieb:

„Es gibt mehr Dinge zwischen Himmel und Erde, als sich Eure Schulweisheit erträumen lässt!" Solche und andere Dinge bestärkten mich dann in meinem Denken, dass es einen bestimmten Grund gibt, warum ich hier auf Erden bin.

Aber den wahren Grund habe ich dann erst viele Jahre später herausgefunden. Zu dem Zeitpunkt lebte ich aber schon längst in meiner kleinen Wohnung am Rande des Messegeländes.

Obendrein hatte ich mir zu diesem Zeitpunkt einige wichtige Regeln aufgestellt, die mir in vielen verschiedenen Situationen schon oft geholfen haben:

1.) **Lass dich nie von deinen Emotionen leiten, sondern nur durch Logik.**

2.) **Habe bei deinen Handlungen immer die zukünftigen Generationen im Blick.**

3.) **Lass dich nie vom Eigennutz leiten.**

Solche und andere Regeln halfen mir, mich selbst zu finden und mich in der Gesellschaft zu behaupten. Mehr kann und will ich zu diesem Zeitpunkt nicht von mir preisgeben. Nächstes Thema!

Mein Leben und die Frauen

Ja, das ist auch so ein Kapitel für sich! Das erste Mal, das ich richtig in ein Mädchen verliebt war, ist schon lange her. Meine erste „Berührung" mit dem weiblichen Geschlecht war in den Osterferien 1976, also mit 9 Jahren.

Wir lernten uns auf der Zugfahrt nach St. Johann in Österreich kennen und verstanden uns sofort. Für mich war sie die erste Liebe, die ich kennenlernen durfte, obwohl ich manchmal das Gefühl hatte, dass ich für sie nur ein kleiner Bruder sei!

Das nächste Mal, dass ich verliebt war, war in der Tanzstunde. Dort traf ich auf die hübsche Tochter des Prof. Dr. Schmidt, welcher zu dem Zeitpunkt im Henriettenstift als Schönheitschirurg arbeitete. Aber auch das war nur eine kleine Episode von wenigen Stunden und schon wollte sie nicht mehr in der Tanzstunde erscheinen, so lange ich dort sei, wie ich später herausfand!

Solche und ähnliche Erfahrungen habe ich immer wieder mit dem weiblichen Geschlecht gemacht. Es war sehr schmerzhaft, aber es sagte mir, dass die meisten doch immer wieder nach dem Aussehen gehen und nicht nach dem Charakter, wie ich es tat!!!

Einige Erfahrungen später wusste ich, dass es auch auf das Selbstbewusstsein ankommt! Ein Mensch, vor allem dann, wenn er dem männlichen Geschlecht angehört, hat nur dann eine reale Chance bei den Damen, wenn er a) einigermaßen den „Idealmaßen" entspricht und b) ein gesundes Maß an Selbstvertrauen in sich trägt!! Beides fehlte mir am Anfang.

Deshalb versuchte ich es mit viel Wissen auszugleichen, was auch nicht immer gelang. Aber weiter im Text.

Dann kam eine Zeit, wo ich keine Lust mehr hatte, noch einmal irgendwelche Gefühle zuzulassen! Ich hatte wieder mal eine negative Erfahrung mit dem weiblichen Geschlecht gemacht und da war für mich erst mal „der Ofen aus", wie man so sagt!

Zu dem Zeitpunkt wurde zum wiederholten Male im Fernsehen die Serie „Raumschiff Enterprise" ausgestrahlt, (eine Serie, die ich noch heute sehr faszinierend finde). Zu der Crew gehörte auch ein sogenannter Vulkanier namens Mr. Spock. Und dieser Vulkanier hatte gelernt, seine Gefühle und Emotionen so zu beherrschen, dass er sich nur von seiner Logik leiten ließ.

Sein Wahlspruch war immer: die Bedürfnisse von Vielen, sie wiegen schwerer als die Bedürfnisse von Wenigen oder eines Einzelnen! Genauso wollte ich ab sofort auch handeln. Nur die Logik entscheiden lassen, sich nicht mehr von Gefühlen oder Emotionen beherrschen lassen!!!

Ich muss sagen, dass ich es doch bis zu einem gewissen Grad geschafft hatte. Aber lass uns das Thema Frauen noch ein wenig länger beleuchten.

Nach dem Reinfall mit der Tochter des Arztes hatte ich eine Zeitlang mit dem Thema Frauen abgeschlossen. OK, hier und da gab es noch ein paar Flirts aber mehr war einfach nicht drin, auch von meiner Seite aus nicht!

Dieses änderte sich erst 1989, als ich auf dem Jugend-Opernball eine junge Frau kennen lernte, die mich zum Tanzen aufforderte. Einfach so!? Für mich war es neu, da ich doch gewohnt war, dass der Herr die Damen zum Tanzen auffordert. Aber egal! Sie war damals mit einer guten Freundin dort, die ich im Laufe der Jahre als sehr gute Freundin kennenlernen durfte.

Aber zurück zum Opernball. Wie gesagt, sie forderte mich zum Tanzen auf und obwohl ich im Grunde genommen keine Lust dazu verspürte, tanzte ich mit ihr. Daraus entwickelte sich eine tiefe Freundschaft, ja theoretisch könnte man von ihrer Seite aus gesehen auch von Liebe sprechen. Nur merkte ich trotzdem, da es tief in meinem Innern eine Sperre gab, die verhinderte, dass ich mich richtig „fallen lassen" konnte und im Nachhinein gesehen war das auch gut so!

Natürlich war diese Frau für meine Mutter die ideale Ehefrau, da sie zu allem „Ja und Amen" sagte. Leider stellte sich nach einiger Zeit heraus, dass sie eher an meinem Geld interessiert war als an meiner Person.

Um das Thema Frauen jetzt zum Abschluss zu bringen, sei noch gesagt, dass ich mich von dieser Frau endgültig trennte. Inzwischen bin ich wieder Single, habe noch Kontakt zu der einen Frau, die ich damals auch auf dem Jugend-Opernball kennen gelernt hatte.

Wenn ich über mein bisheriges Leben Bilanz ziehen sollte, dann würde ich zu diesem Zeitpunkt sagen, dass die Ereignisse und auch die Erfahrungen, die ich sammeln durfte, mich zu einem Einzelgänger gemacht haben.

Harald

Wenn Amor schießt

Nach den schmerzlichen Verlusten von meinem Partner und meinem Sohn wollte ich nach dieser dunklen Zeit wieder Helles, Buntes in mein Leben bringen. Schließlich war ich ja gerade erst etwas über Sechzig und wieder voller Tatendrang und Abenteuerlust und durchaus gespannt, was die Zukunft für mich noch vorgesehen hatte.

Und mit dem Selbstbewusstsein einer sportlich-eleganten Frau war ich auch bereit, selbst die Initiative dafür zu ergreifen.

Und so bin ich 2017 auf eine Zeitungsannonce hin in den Freundeskreis Hannover eingetreten. Der Freundeskreis organisiert Besuche bei Veranstaltungen in Hannover, Aktionen für und von der Stadt und jeweils am letzten Samstag des Monats Frühstücke in immer wechselnden Lokalitäten.

Das war genau das, was ich mir vorgestellt hatte. Schon bald hatte mich eine Runde von wunderbaren Frauen in ihren Kreis aufgenommen und bei den Frühstücken lernte ich nach und nach mehr Mitglieder – auch Herren – kennen. Und einer der Herren ist mir dann besonders aufgefallen.

Er stand bei den Frühstücksbuffets in der Schlange oft hinter mir, um sich auch ein Brötchen zu erbeuten. Mit seinen fröhlichen Scherzen schaffte er es, uns die Warte- und Hungerzeit zu verkürzen.
Ich fand ihn jedes Mal sehr amüsant und interessant, dachte aber, er sei verheiratet.

Im Freundeskreis kannte ihn niemand, so dass mir auch niemand sagen konnte, wer er war und ob er wirklich eine Ehefrau hatte.

Doch der Zufall meinte es gut mit mir. Als ich nach einem Frühstück mit einigen Freundinnen über den Flohmarkt schlendere, welch freudige Überraschung, treffe ich doch tatsächlich dort wieder auf diesen lustigen Herrn. Gerade so, als wenn er mich erwartet hätte.

„Ich bin Harald!", stellt er sich vor. Damit ist das Eis gebrochen und gleich komme ich mit Harald ins Klönen.

Er erzählte mir, dass er in einem Shanty-Chor sänge und am Nachmittag einen Auftritt habe. Als leidenschaftliche Musikliebhaberin wäre ich als Zuhörerin gern dabei gewesen. Das ging aber nicht, weil – wie Harald sagte – es ein Geburtstagskonzert war.

Ich wiederum erzählte ihm davon, dass ich am Abend zu einem Konzert von Alix Dudel gehen würde und frage ihn noch, ob er denn am nächsten Tag auch die Fahrt vom Freundeskreis nach Walsrode mitmachen würde, um sich dort einen Mädchenchor anzuhören. Doch er hatte schon etwas anderes vor.

Wir tauschten noch Visitenkarten aus und dann trennten sich unsere Wege.

Doch meine Neugier war geweckt: Wer ist eigentlich dieser Harald?

Welch ein schöner Tag. Ich hole Leni ab und wir fahren ins Theater. Der Raum ist gefüllt und die Spannung steigt, da geht die Tür auf und Harald wird noch hereingelassen mit dem Satz: „Es kommt noch ein einsamer Herr, für den es noch genau einen Platz gibt." Ich bekomme Schüttelfrost. Es ist jetzt das dritte Mal, dass wir uns begegnen.

In der Pause gehe ich zu ihm und er legt seinen Arm um meine Schulter. Es wird mir warm und ich fühle mich auf einmal sehr geborgen. Doch da ich noch sehr wenig über Harald weiß, ob er vielleicht gar verheiratet ist, sträube ich mich noch etwas, mehr Gefühle zuzulassen. So bitte ich ihn beim Nachhausegehen, mich doch spät abends noch anzurufen.

Doch auf einen Anruf warte ich vergeblich. Da ist mir klar, dass er verheiratet sein muss. Doch da verblüfft er mich ein zweites Mal.

Ich komme am Morgen zum Bahnhof, meine Freundinnen warten schon auf mich, da steht er da. Mein Herz schlägt schneller und höher. Harald nimmt meine Hände und schaut mir tief in die Augen und sagt: „Ich bin nur deinetwegen hier."

Wir steigen in den Zug und beide empfinden wir tiefes Vertrauen. So laufen wir durch Walsrode. Mit vielen Küssen und Handdrücken erleben wir ein wunderschönes Konzert in der Kirche. Unsere Gefühle sind so voller Glück.

Ich kann nicht mehr denken. Es ist so wie in dem Lied „Wenn Amor schießt", es hat uns getroffen. So laut, dass auch meine Freundinnen amüsiert feststellen: Bei euch hat es ja richtig geknallt.

Wir sind zusammengeblieben und es ist eine wunderschöne Liebe, die uns jung erhält. Täglich viele Küsse und Streicheleinheiten, wir genießen das Leben und kommen uns vor, als wären wir im siebten Himmel.

Unsere Freundin Petra Uhle, eine wunderbare Sängerin, hat ein Lied für uns geschrieben, nachdem sie erfahren hatte, wie wir uns kennengelernt haben. Das Lied ist so wundervoll und so haben wir unsere Freunde zu einer Hausmusik eingeladen. Petra hat uns dieses Lied zur Premiere auf der Gitarre mit ihrem lieben Ehemann vorgetragen.

 **AMORS PFEIL**

Da war eine Hand
Plötzlich in ihrer Hand
Zarte Worte, sanft und süß
Die andern haben's nicht gesehn
Wie ein Stück Himmel auf sie fiel
Und hat den Tag völlig verdreht

Noch keine Lieb noch im Vorspiel
Der Verstand im Nirgendwo
Suchende Hände, Lippen die schmecken
Klopfendes Herz und hoffen auf mehr

Wenn Amors Pfeil trifft
Du nicht weißt wo vorn und hinten ist
Alles ganz neu und fremd, alles in Dir brennt
Wenn Amors Pfeil trifft
ist es süß das Gift
Dann ist das süßes Gift, giftig ist das nicht
Wenn Amor trifft, Amors Pfeil dich trifft
Besser wehr Dich nicht

Da war die eine Nacht
So wie keine Nacht
Zarte Worte, sanft und süß zart
Sein Herzschlag leitet ihren Weg
Weil sich nun alles um sie dreht
Haltet den Kurs, wenn der Wind sich um Euch legt

Jetzt kommt die Liebe nach dem Vorspiel
Anker los und rauf auf's Meer
Das Salz auf der Haut kann nicht besser schmecken
Wie der erste Kuss im Liebesfluss

Inhalt

Weil der eigene Vater sich nicht damit abfinden kann, dass sein Sohn mit einer Lippen-Kiefer-Gaumenspalten geboren wird, muss Beate Schlegel ihren Raimo ganz allein großziehen.

Zahlreiche Operationen des Sohnes, gesellschaftliche Vorurteile und einige Schicksalsschläge werden dabei zu einer großen Herausforderung für die Mutter.

Die Geschichte des versteckten Engels ist aber auch ein bewegendes Zeitdokument über die Lebens-, Liebes- und Leidensgeschichten einer starken Frau, die zum Happy-End von Amors Pfeil getroffen wird.